畢璞全集・小說・十六

出岫雲

【推薦序一】
老樹春深更著花

封德屏

一九八六年四月，畢璞應《文訊》雜誌「筆墨生涯」專欄邀稿，發表〈三種境界〉一文，她在文末寫道：

這種職業很適合我這類沉默、內向、不善逢迎、不擅交際的書呆子型人物，我很高興我當年選擇了它。我既沒有後悔自己走上寫作這條路，又說過它是一種永遠不必退休的行業；那麼，看樣子，我是注定了此生還是要與筆墨為伍了。

畢璞自知甚深，更有定力付之行動，近三十年來她持續創作，陸續出版了數本散文、小說、自選集；三年前，為了迎接將臨的「九十大壽」，她整理近年發表的文章，出版了散文集

《老來可喜》。年過九十後，創作速度放緩，但不曾停筆。二〇〇九年元月《文訊》創辦的「銀光副刊」，至今刊登畢璞十二篇文章，上個月（二〇一四年十一月），她在「銀光副刊」發表了短篇小說〈生日快樂〉，此外，也仍偶有文章發表於《中華日報》副刊。畢璞用堅毅無悔的態度和纍纍的創作成果，結下她一生和筆墨的不解之緣。

一九四三年畢璞就發表了第一篇作品，五〇年代持續創作，創作出版的高峰集中在六〇、七〇年代。一九六八年到一九七九年是她作品的豐收期，這段時間有時一年出版三、四本，甚至五本。早些年，她是編寫雙棲的女作家，曾主編《大華晚報》家庭版、《公論報》副刊、《徵信新聞報》家庭版，並擔任《婦友月刊》總編輯，八〇年代退休後，算是全心歸回到自適自在的寫作生涯。

真摯與坦誠是畢璞作品的一貫風格。散文以抒情為主，用樸實無華的筆調去謳歌自然，讚頌生命；小說題材則著重家庭倫理、婚姻愛情。中年以後作品也側重理性思考與社會現象觀察。畢璞曾自言寫作不喜譁眾取寵、不造新僻字眼，強調要「有感而發」，絕不勉強造作。

畢璞生性恬淡，除了抗戰時逃難的日子，以及一九四九年渡海來台的一段艱苦歲月外，自認大半生風平浪靜。「淡泊名利，寧靜無為」是她的人生觀，讓她看待一切都怡然自得。雖然前後在報紙雜誌社等媒體工作多年，一九五五年也參加了「中國婦女寫作協會」，可能如她自己所言「個性沉默、內向，不擅交際」，多年來很少現身文壇活動。像她這樣一心執著於創作的人和其作品，在重視個人包裝、形象塑造，充斥各種行銷手法的出版紅海中，很容易會被湮沒遺忘。

然而，這位創作廣跨小說、散文、傳記、翻譯、兒童文學各領域，筆耕不輟達七十餘年的資深作家，冷月孤星，懸長空夜幕，環視今之文壇，可說是鳳毛麟角，珍稀罕見。在人們華服高軒、闊論清議之際，九三高齡的她，老樹春深更著花，一如往昔，正俯首案頭，筆尖不斷流淌出款款深情，如涓涓流水，在源遠流長的廣域，點點滴滴灌溉著每一寸土地。

感謝秀威資訊科技股份有限公司，在文學出版業益顯艱辛的此刻，奮力完成「畢璞全集」二十七冊的巨大工程。不但讓老讀者有「喜見故人」的驚奇感動，也讓年輕一代的讀者，有機會可以在快樂賞讀中，認識畢璞及其作品全貌。我們也希望透過文學經典這樣的再現與傳承，向這位永遠堅持創作的作家，表達我們由衷的尊崇與感謝之意。

民國一〇三年十二月

（封德屏：現任文訊雜誌社社長兼總編輯、臺灣文學發展基金會執行長、紀州庵文學森林館長。）

【推薦序二】

老來可喜話畢璞

吳宏一

一

上星期二（十月七日），我有事到《文訊》辦公室去。事畢，封德屏社長邀我去參觀她們蒐集珍藏的期刊。看到很多民國五、六十年前後風行文壇的文藝刊物，目前多已停刊，不勝嗟嘆。《暢流》、《自由青年》、《文星》等我投過搞、發表過創作的刊物不說，連一些當時發行不廣的小刊物，她們也多有蒐集。其用心之專、致力之勤，實在不能不令人讚嘆。於是我向她提起我高中以迄大學時期文學起步的一些往事，中間提到若干文藝刊物和若干文壇前輩對我的鼓勵和影響。其中特別提到我大學一年級，民國五十年的秋天，剛進入台大中文系讀書時所認識的一些前輩先進。像當時住在濟南路的紀弦，住在廈門街的余光中，住在南昌街菸酒公賣局宿舍的羅悟緣，住在安東市場旁的羅門、蓉子……我都曾經一一去走訪，謝謝他們採用或推薦過我的作品。過程歷歷在目，至今仍記憶猶新。比較特別的是，去新生南路夜訪覃子豪時，還遇見過魏子雲；去峨嵋街救國團舊址見程抱南、鄧禹平時，還順道去《公論報》探訪副刊主編畢璞……。

一提到畢璞，德屏立即接了話，說「畢璞全集」目前正編印中，問我願不願意為她「全集」寫個序言。我答：寫序不敢，但對我文學起步時曾經鼓勵或提攜過我的前輩，我非常樂意寫紀念性的文字。不過，我也同時表示，我與畢璞五十多年來，畢竟才見過兩三次面，她的作品我讀得並不多，要寫也得再讀讀她的生平著作，而且也要她還記得我，對往事有些共同的記憶才好。所以我建議，請德屏代問畢璞兩件事：一是她記不記得在我大一下學期（民國五十一年春），她和另一位女作家到台大校園參觀之事；二是她在主編《婦友》月刊期間，記不記得曾經約我寫過詩歌專欄。

德屏說好。第二日早上十點左右，畢璞來了電話，客氣寒喧之後，告訴我：她記得她和鍾麗珠早年曾到台大校園和我見過面，但對於《婦友》約我寫專欄之事，則毫無印象。她知道我沒有讀過她的作品集，說要寄兩三本來，又知道我怕她年老行動不便，改口說，要不然，幾天內如果我能抽空，就煩請德屏陪我去內湖看她，由她當面交給我，同時可以敘敘舊、聊聊天。

我當然贊成。我已退休，時間容易調配，只不知德屏事務繁忙，能不能抽出空暇。想不到去見畢璞。

與德屏聯絡後，當天下午，就由《文訊》編輯吳穎萍小姐聯絡好，約定十月十日下午三點一起

二

十月十日國慶節，下午三點不到，我就如約搭文湖線捷運到葫洲站一號出口等。不久，德屏與穎萍來了。德屏領先，走幾分鐘路，到康寧老人安養中心去見畢璞。途中德屏說，畢璞雖然年逾九旬，行動有些不便，但能以歡樂的心情迎接老年，不與兒孫合住公寓，怕給家人帶來不便，所以獨居於此，雇請菲傭照顧，生活非常安適。我聽了，心裡也開始安適起來，覺得她是一個慈藹安詳而有智慧的長者。

見面之後，我更覺安適了。記得我第一次見到畢璞，是民國五十年的秋冬之際，在西門町附近康定路的一棟木造宿舍裡，居室比較狹窄；畢璞當時雖然親切招待，但總顯得態度拘謹。相隔五十三年，畢璞現在看起來，腰背有點彎駝，耳目有些不濟，但行動尚稱自如，面容聲音卻似乎數十年如一日，沒有什麼明顯的變化。如果要說有變化，那就是變得更樸實自然，沒有絲毫的窘迫拘謹之感。

由於德屏的善於營造氣氛、穿針引線，由於穎萍的沉默嫻靜，只做一個忠實的旁聽者，那天下午，我和畢璞有說有笑，談了不少往事，讓我恍如回到五十三年前的青春年代。那時候，我才十八歲，剛考上台大中文系，剛到陌生而充滿新鮮感的臺北，常投稿報刊雜誌，常拜訪前輩作家。有一天，我到西門町峨嵋街救國團去領新詩比賽得獎的獎金，順道去附近的《聯合報》和《公論報》社。我到《公論報》社問起副刊主編畢璞，說明我常有作品發表，就有人給了我她家的住址。距離報社不遠，在成都路、西門國小附近。那時候我年輕不懂事，大家也少用電話，所以就直接登門造訪了。見面時談話不多，記憶中，畢璞說過她先生也在《公論報》上班，她如何編副刊，還有她兒子正讀師大附中，希望將來也能考上台大等。辭別時，畢璞說了一句，聽說台大校園春天杜鵑花開得很盛很好看。我謹記這句話，所以第二年的春天，投稿信中附帶留言，歡迎她跟朋友來台大校園玩。就因為這樣，畢璞和鍾麗珠在民國五十一年的春季，相偕來參觀台大校園。

確切的日期記不得了。畢璞說連哪一年她都不能確定。我翻開我隨身帶來送她的光啟版散文集《微波集》，指著一篇〈鄉愁〉後面標明的出處，民國五十一年四月二十七日發表於《公論副刊》。經此指認，畢璞稱讚我的記性和細心，而且她竟然也記起了當天逛傅園後，我請她們到福利社吃牛奶雪糕的往事。

很多人都說我記憶力強，但其實也常有模糊或疏忽之處。例如那一天下午談話當中，我提起雨中路過杭州南路巧遇《自由青年》主編呂天行，以及多年後我在西門町日新歌廳前再遇見他，聽他告訴我「驚天大祕密」的時候，確實的街道名稱，我就說得不清不楚，更糟糕的是，畢璞再次提起她主編《婦友》月刊的期間，真不記得邀我寫過專欄。一時間，我真無辭以對。當事人都這麼說了，我該怎麼解釋才好呢？好在我們在談話間，曾提及王璞、呼嘯等人，似乎又給了我重拾記憶的契機。

我私下告訴德屏，《婦友》確實有我寫過的詩歌專欄，雖然事忙只寫了幾期，但這些文章後來都曾收入我的《先秦文學導讀・詩辭歌賦》和《從詩歌史的觀點選讀古詩》等書中，白紙黑字，騙不了人的。會不會畢璞記錯，或如她所言不在她主編的期間別人約的稿呢？

那天晚上回家後，我開始查檢我舊書堆中的期刊，找不到《婦友》，卻找到了王璞主編的《新文藝》和呼嘯主編的《青年日報》副刊剪報。他們都曾約我寫過詩詞欣賞專欄，印象中有一個與《婦友》大約同時。尋檢結果，查出連載的時間，《新文藝》是民國七十一年，《青年日報》則是民國七十七年。到了十月十二日，再比對資料，我已經可以推定《婦友》刊登我詩歌專欄的時間，應該是在民國七十七年七、八月間。

十月十三日星期一中午，我打電話到《文訊》找德屏，她出差不在。我轉請秀卿代查，傍晚她回覆，已在《婦友》民國七十七年七月至十一月號，找到我所寫的〈古歌謠選講〉，當時的總編輯就是畢璞。事情至此告一段落。記憶中，是一次作家酒會邂逅時畢璞約我寫的。寫了幾期，因為事忙，又遇畢璞調離編務，所以專欄就停掉了。這本來就是小事一樁，無關宏旨，豁達的畢璞不會在乎這個的，只不過可以證明我也「老來可喜」，記憶尚可而已。

三

「老來可喜」，是畢璞當天送給我看的兩本書，其中一本散文集的書名，語出宋代詞人朱敦儒的〈念奴嬌〉詞。另外一本是短篇小說集，書名《有情世界》。根據書後所附的作品目錄，原來畢璞的作品集，已出三、四十本。她挑選這兩本送我看，應該有其用意吧。看《老來可喜》這本散文集，可知她的生平大概；看《有情世界》這本短篇小說集，則可知她的小說特色所在。初讀的印象，她的作品，無論是散文或小說，從來都不以技巧取勝，就像她的筆名一樣，是未經琢磨的玉石，內蘊光輝，表面卻樸實無華，然而在樸實無華之中，卻又表現出一個共同的主題。一言以蔽之，那就是「有情世界」。其中有親情、愛情、人情味以及生活中的情趣。因此，讀來特別溫馨感人，難怪我那罕讀文藝創作的妻子，也自稱是她的忠實讀者。

讀畢璞《老來可喜》這本散文集，可以從中窺見她早年生涯的若干側影，以及她自民國三十八年渡海來台以後的生活經歷。其中寫親情與友情，敘事中寓真情，雋永有味，誠摯而動人。寫懷才不遇的父親，寫遭逢離亂的家人，寫志趣相投的文友，娓娓道來，真是扣人心弦。

其中〈西門懷舊〉一篇，寫她康定路舊居的一些生活點滴，更讓我玩味再三。即使寫她身邊瑣事的小小感觸，寫愛書成癡，愛樂成癡，寫愛花愛樹，看山看天，也都能使我們讀者體會到「生命中偶得的美」，享受到「小小改變，大大歡樂」。「生命中偶得的美」和「小小改變，大大歡樂」，正是她文集中的篇名。我們還可以發現，身經離亂的畢璞，涉及對日抗戰、國共內戰的部分，著墨不多，多的是「此身雖在堪驚」，「老來可喜，是歷遍人間，諳知物外」。這也正是畢璞同一時代大多婦女作家的共同特色。

讀《有情世界》這本小說集，則可發現：畢璞散文中寫得比較少的愛情題材，都寫進小說裡了。畢璞說過，小說是她的最愛，因為可以滿足她的想像力。讀完這十六篇短篇小說，我們確實可以發現，她的小說採用寫實的手法，勾勒一些時代背景之外，重在探討人性，敘寫一些有情有義的故事。特別是愛情與親情之間的矛盾、衝突與和諧。小說中的人物和故事，有真有假，「真」的往往是根據她親身的經歷，「假」的是虛構，是運用想像，無中生有塑造出來的。她把它們揉合在一起，而且讓自己脫離現實世界，置身其中，成為小說中人。

因此，我讀畢璞的短篇小說，覺得有的近乎散文。尤其她寫的書中人物，大都是我們城鎮小市民日常身邊所見的男女老少，故事題材也大都是我們城鎮小市民幾十年來所共同面對的移民、出國、旅遊、探親等話題。或許可以這樣說，較之同時渡海來台的作家，畢璞寫的小說，罕有激情奇遇，缺少波瀾壯闊的場景，也沒有異乎尋常的角色，既沒有朱西甯、司馬中原筆下的鄉野氣息，也沒有白先勇筆下的沒落貴族，一切平平淡淡的，可是就在平淡之中，卻能給人親近溫馨之感。表面上看，她似乎不講求寫作技巧，但仔細觀察，她其實是寓絢爛於平淡。像〈生命共同體〉一篇，寫范士丹夫婦這對青梅竹馬的患難夫妻，到了老年還為要不要移民美國而引起衝突，高潮迭起，正不知作者要如何收場，這時卻見作者藉描寫范士丹的一些心理活動，利用廚房下麵一個小情節，就使小說有個圓滿的結局，而留有餘味。〈春夢無痕〉一篇，寫梅湘退休後，到香港旅遊，在半島酒店前香港文化中心，竟然遇見四十多年前四川求學時代的舊情人冠倫。四十多年來，由於人事變遷，兩岸隔絕，二人各自男婚女嫁，都已另組家庭，正不知作者要如何安排後來的情節發展，這時卻見作者利用梅湘的一段心理描寫，也就使小說有個出人意外而又合乎自然的結尾，不會予人突兀之感。這些例子，說明了作者並非不講表現藝術，只是她運用寫作技巧時，合乎自然，不見鑿痕而已。所以她的平淡自然，不只是平淡自然，而是別有繫人心處。

四

畢璞同時的新文藝作家，有三種人給我的印象特別深刻。一是軍中作家，以寫新詩和小說為主，強調創新和現代感；二是婦女作家，以寫散文為主，多藉身邊瑣事寫人間溫情；三是鄉土作家，以寫小說和遊記為主，反映鄉土意識與家國情懷。這是二十世紀五、六十年代前後臺灣新文藝發展史上的一大特色。這三類作家的風格，或宏壯，或優美，雖然成就不同，但套用王國維的話說，都自成高格，自有名句，境界雖有大小，卻不以是分優劣。因此有人嘲笑婦女作家多只能寫身邊瑣事和生活點滴，那是學文學的人不該有的外行話。

畢璞當然是所謂婦女作家，她寫的散文、小說，攏總說來，也果然多寫身邊瑣事，或者說，多藉身邊瑣事寫溫暖人間和有情世界。但她的眼中充滿愛，她的心中沒有恨，所以她的筆端流露出來的，每一篇作品都像春暉薰風，令人陶然欲醉；情感是真摯的，思想是健康的，真的適合所有不同階層的讀者。

一般而言，人老了，容易趨於保守，失之孤僻，可是畢璞到了老年，卻更開朗隨和，更為豁達，就像玉石，愈磨愈亮，愈有光輝。她特別欣賞宋代詞人朱敦儒的「老來可喜」那首〈念奴嬌〉詞。她很少全引，現在補錄如下：

老來可喜，是歷遍人間，諳知物外。
看透虛空，將恨海愁山，一時挼碎。
免被花迷，不為酒困，到處惺惺地。
飽來覓睡，睡起逢場作戲。

休說古往今來，乃翁心裡，沒許多般事。
也不蘄仙不佞佛，不學栖栖孔子。
懶共賢爭，從教他笑，如此只如此。
雜劇打了，戲衫脫與獃底。

朱敦儒由北宋入南宋，身經變亂，歷盡滄桑，到了晚年，勘破世態人情，不但主張不學栖栖皇皇的孔子，說什麼經世濟物，而且也認為道家說的成仙不死，佛家說的輪迴無生，都是虛妄的空談，不可採信。所以他自稱「乃翁」，說你老子懶與人爭，管它什麼古今是非，說人生在世，就像扮演一齣戲一樣，各演各的角色，逢場作戲可矣，何必惺惺作態，說什麼愁呀恨呀。一旦自己的戲份演完了，戲衫也就可以脫給別的傻瓜繼續去演了。這首詞表現的人生觀，雖然豁達，卻有些消極。這與畢璞的樂觀進取，對「有情世界」處處充滿關懷，是不相契的。我想畢璞喜愛它，應該只愛前面的幾句，所以她總不會引用全文，有斷章取義的意思吧。

畢璞《老來可喜》的自序中，說西方人把老年分成三個階段：從六十五歲到七十五歲是「初老」，從七十六歲到八十五歲是「老」，八十六歲以上是「老老」；又說「初老」的十年是人生最美好的黃金時期，不必每天按時上班，兒女都已長大離家，內外都沒有負擔，沒有工作壓力，智慧已經成熟，人生已有閱歷，身體健康也還可以，不妨與老伴去遊山玩水，或抽空去學習一些新知，以趕上時代。想做什麼就做什麼，豈非神仙一般。畢璞說得真好，我與內子現在正處於「初老」的神仙階段，也同樣覺得人間有情，處處充滿溫暖，這幾天讀畢璞的書，益發覺得「老來可喜」，可喜者三：老來讀畢璞《老來可喜》，一也；不久之後，可與老伴共讀「畢璞全集」，二也；從今立志寫自己不像傳記的傳記，彷彿回到自己的青春時期，三也。

民國一〇三年十月十五日初稿

（吳宏一：學者，作家，曾任臺灣大學中文系教授、香港中文大學中文系、香港城市大學中文、翻譯及語言學系講座教授，著有詩、散文、學術論著數十種。）

【自序】長溝流月去無聲——七十年筆墨生涯回顧

畢璞

「文書來生」這句話語意含糊，我始終不太明瞭它的真義。不過這卻是七十多年前一個相命師送給我的一句話。那次是母親找了一位相命師到家裡為全家人算命。我從小就反對迷信，痛恨怪力亂神，怎會相信相士的胡言呢？當時也許我年輕不懂，但他說我「文書來生」卻是貼切極了。果然，不久之後，我就開始走上爬格子之路，與書本筆墨結了不解緣，迄今七十年，此志不渝，也還不想放棄。

從童年開始我就是個小書迷。我的愛書，首先要感謝父親，他經常買書給我，從童話、兒童讀物到舊詩詞、新文藝等，讓我很早就從文字中認識這個花花世界。父親除了買書給我，還教我讀詩詞、對對聯、猜字謎等，可說是我在文學方面的啟蒙人。小學五年級時年輕的國文老師選了很多五四時代作家的作品給我們閱讀，欣賞多了，我對文學的愛好之心頓生，我的作文成績日進，得以經常「貼堂」（按：「貼堂」為粵語，即是把學生優良的作文、圖畫、勞作等掛在教室的牆壁上供同學們觀摩，以示鼓勵）。六年級時的國文老師是一位老學究，選了很多古文做教材，使我有機會汲取到不少古人的智慧與辭藻；這兩年的薰陶，我在不知不覺中變成了文學的死忠信徒。

上了初中，可以自己去逛書店了，當然大多數時間是看白書，有時也利用僅有的一點點零用錢去買書，以滿足自己的書癮。我看新文藝的散文、小說、翻譯小說、章回小說……簡直是博覽群書，卻生吞活剝，一知半解。初一下學期，學校舉行全校各年級作文比賽，小書迷的我得到了初一組的冠軍，獎品是一本書。同學們也送給我一個新綽號「大文豪」。上面提到高小時作文「貼堂」以及初一作文比賽第一名的事，無非是證明「小時了了，大未必佳」，更彰顯自己的不才。

高三時我曾經醞釀要寫一篇長篇小說，是關於浪子回頭的故事，可惜只開了個頭，後來便因戰亂而中斷，這是我除了繳交作文作業外，首次自己創作。

第一次正式對外投稿是民國三十二年在桂林。我把我們一家從澳門輾轉逃到粵西都城的艱辛歷程寫成一文，投寄《旅行雜誌》前身的《旅行便覽》，獲得刊出，信心大增，從此奠定了我一輩子的筆耕生涯。

來台以後，一則是為了興趣，一則也是為稻粱謀，我開始了我的爬格子歲月。早期以寫小說為主。那時年輕，喜歡幻想，想像力也豐富，覺得把一些虛構的人物（其實其中也有自己和身邊的人的影子）編出一則則不同的故事是一件很有趣的事。在這股原動力的推動下，從民國四十年左右寫到八十六年，除了不曾寫過長篇外（唉！宿願未償），我出版了兩本中篇小說、十四本短篇小說、兩本兒童故事。另外，我也寫散文、雜文、傳記，還翻譯過幾本英文小說。到民國一〇一年，我總共出版過四十種單行本，其中散文只有十二本，這當然是因為散文字數少，不容易結集成書之故。至於為什麼從民國八十六年之後我就沒有再寫小說，那是自覺年齡大了，想像力漸漸缺乏，對世間一切也逐漸看淡，心如止水，失去了編故事的浪漫情懷，就洗手不幹了。至於散文，是以我筆寫我心，心有所感，形之於筆墨，抒情遣性，樂事一樁也，為什麼放棄？因而不揣譾陋，堅持至今。慚愧的是，自始至終未能寫出一篇令自己滿意的作品。

為了全集的出版，我曾經花了不少時間把這批從民國四十五年到一百年間所出版的單行本四十種約略瀏覽了一遍，超過半世紀的時光，社會的變化何其的大：先看書本的外貌，從粗陋的印刷、拙劣的封面設計、錯誤百出的排字；到近年精美的包裝、新穎的編排，簡直是天淵之別。由此也可以看得出臺灣出版業的長足進步。再看書的內容：來台早期的懷鄉、對陌生土地的神奇感、言語不通的尷尬等；中期的孩子成長問題、留學潮、出國探親；到近期的移民、空巢期、第三代出生、親友相繼凋零……在在可以看得到歷史的脈絡，也等於半部臺灣現代史了。

坐在書桌前，看看案頭成堆成疊或新或舊的自己的作品，為之百感交集，真的是「長溝流月去無聲」，怎麼倏忽之間，七十年的「文書來生」歲月就像一把把細沙從我的指間偷偷溜走了呢？

本全集能夠順利出版，我首先要感謝秀威資訊科技股份有限公司宋政坤先生的玉成。特別感謝前台大中文系教授吳宏一先生、《文訊》雜誌社長兼總編輯封德屏女士慨允作序。更期待著讀者們不吝批評指教。

民國一〇三年十二月

目次

倦鳥

飛機才升空不久，孫蘊如就發覺鄰座那個中年的東方女人不斷地在窺視她，似乎想跟她搭訕。女人穿著一襲質料高貴的旗袍，十成十是從臺灣來的中國人；但是，孫蘊如因為心情落寞，不想說話，就把頭別向窗外。

機窗外，是同樣的藍天白雲，跟她來時一樣，也跟臺灣的一樣。然而，這已是距離她來時九年後的藍天白雲，而且也是太平洋東岸的天空；她，更不是九年前那個青春活潑的女孩子了。空中小姐送來飲料，她要了一杯橘子水，說了一聲「謝謝」；鄰座的太太也要了一杯橘子水。

「你是中國人嗎？」那位太太用不怎麼純熟的英語問她。

「是的，你也是吧？」她用標準的國語回答。

「太好了！我一上機就覺得你像中國人。我們真有緣，剛好坐在一起，路上可以有伴了。妳貴姓？」那位太太也改用國語說。

「我姓孫。」

「是孫太太吧？我是陳太太。」

「不，陳太太，我是孫小姐。」

「對不起！我忘記現在很多在外工作的婦女都不喜歡別人稱她太太的。」

「陳太太，我還沒有結婚。」

「啊！太對不起了！請妳原諒我。」

陳太太碰了一個釘子，不敢再說話，就默默地啜飲著她的橘子汁。她為甚麼認為我一定是位太太？是我的外形太老嗎？當然哪！一個三十一歲的女人，又有幾個不是已經做了媽媽的呢？更何況我這些年來又完全不打扮？孫蘊如下意識地摸了摸自己紮在脖子後面直直的長髮，拉了拉身上黑色的套頭高領毛衣和咖啡色的長褲，不禁為自己的錯怪了人而感到赧然。

「陳太太的家是住在臺灣還是美國？」為了表示歉意，她只好跟陳太太沒話找話說。

「我住在臺北，這次是去探望我的兒子。孫小姐呢？」陳太太受寵若驚地連忙回答。

「我原來也住在臺北，到美國已經九年了，現在回去看我的父母。」

「啊！九年，那真是很久了。你有沒有回過臺灣？」

「沒有。」她的心一陣抽搐，天曉得她為甚麼這麼久都不回去。早在六七年前，她就想像一隻鳥兒那樣飛回父母身邊了。

「妳一定已經拿到綠卡了吧？」雖然孫蘊如樸素甚至近乎寒傖的外表不太像一個在美國已經有固定職業的人，但是陳太太還是試探的問。

「沒有。」孫蘊如斬釘截鐵的回答。其實，她有過，但是她已經還給美國的移民局了。

「孫小姐是在做事吧？」陳太太又問。以孫蘊如的年齡，不可能是個學生的，她看她總有三十四五歲。

「嗯！」孫蘊如不想再說下去，憑甚麼要把自己的故事告訴一個陌生人呢？

「我兩個兒子都還在唸書，一個在加大，一個在普大，加大的那個今年夏天就可以拿到PH.D了。」陳太太卻自顧自的說個不停。

「陳太太真好福氣！」孫蘊如機械式地奉送了這一句，便把雙眼閉起來假寐。

「那裡！那裡！孫小姐以前是在那裡唸書的？大概已經是一位博士了吧？」陳太太沒有注意到孫蘊如已閉上眼睛，還兀自滔滔不絕。等到發覺了，便連忙住了嘴，吐了吐舌頭。

我在那裡唸書的？說出來你一定會嚇一大跳，加大、普大算得了甚麼？我可是美國首屈一指的哈佛大學的博士呀！可是，這又有甚麼光榮？如今，我已拋棄一切，像隻疲倦的鳥兒那樣飛回父母身邊去了。

孫蘊如閉著眼睛，在隆隆的機聲中，在機身輕輕的搖晃中，她似睡非睡的，回到童年時代。在那條陋巷中，在黯淡的街燈下，她坐在一張小凳上做功課，一塊木板擱在大腿上當桌子，成群的蚊子在叮著她的手臂和小腿，她得一手趕蚊子，一手寫字。雖然如此，她還是不想回家去。她的家是一間小小的木屋，前面是雜貨店，亂七八糟地堆滿了各種貨物，永遠散發著一股黴腐的氣味。後面一間小小的房間，用木板搭成一個大大的臥鋪，沒有桌子，也沒有椅子，那就是他們一家三口睡覺和吃飯的地方。

屋後，有一塊小小的空地，她爸爸自己用竹子和木板搭了一間廚房和一間浴室。她媽媽每天三次蹲在地上生爐子，風向不對時，濃煙就灌滿木屋裡。在這樣的環境中，除非是遇到雨天，或者天氣太冷，她都寧願在街燈下做功課。雖然如此，她在小學的六個學年中，每次考試的成績都不會在第三名外。

她的父親曾經流著淚對她說：「孩子，真是委屈妳了。妳知道嗎？妳可真是我們孫家的讀書種子哩！妳曾祖父是個翰林，妳爺爺是個大學教授，妳爸爸現在雖然沒有出息，但是，那是共產黨害的呀！當年在大陸，我也是個中學教員，妳媽也是個小學老師；要不是共產黨作亂，我們怎會在這裡賣雜貨？孩子，妳好好的用功下去吧！即使再苦，我和妳媽也要供妳唸下去的，妳唸完中學，我們還要妳唸大學的。知道嗎？我和妳媽就只有妳這麼一個女兒，妳就是我們唯一的希望了。」

小學畢業那年，她還只有十二歲，就已經很懂事。在那個暑假裡，她出去兜售愛國獎券，居然讓她賺到了一筆學費。她考上了一女中，還是經常拿前三名。初二的時候，他們一家搬到磚造的平房裡，她的父母仍然開雜貨店，她在房間裡有了自己的書桌，不必到街燈下做功課了。

初中畢業，直升高中；高中畢業，保送臺大，她的學業簡直是一帆風順。在臺大，她唸的是化學，是陽盛陰衰的一系，她是系裡僅有三名女生中的一個，而她的成績卻是壓倒了所有的男生，只除了趙卓。

機身一陣相當劇烈的搖晃，嚇得她連忙抓緊扶手，睜開眼睛。她左右張望了一下，全機乘客都好端端的坐著，一點事也沒有。

「不要緊的，可能是遇到氣流。」陳太太彷彿知道她的心事，便這樣安慰她。

「陳太太常常出國？」孫蘊如問。她有一點以自己的土氣為恥，事實上，這也只是她生平第三次搭飛機而已。

「也不能說常常，一年一次罷了！孩子們需要我，我也不放心他們，就只好每年花點旅費了。」

「這一次，我是去照應我的媳婦生產，也可以說去抱孫。」陳太太說到這裡，不自覺地眉飛眼笑起來。

這個看來不過四十左右的女人竟已做了祖母？孫蘊如好奇地轉過頭來端詳她的鄰座。真的，左看右看，陳太太一點也不像祖母，她跟她併坐在一起，看起來年齡不會相差多少的。

「妳好福氣啊！這樣年輕就做了祖母。」孫蘊如由衷的讚美著。

「我不年輕了，今年五十二啦！我家老大也二十九了。」

「真是令人難以相信。我走的那年，我母親還不到五十歲，看起來比您不知老了多少。」

「那也不一定，在孩子的心目中，長輩當然都老，孫小姐，妳這次回去，說不定會發現妳媽媽比以前年輕哩！國內生活安定，大家都不怎麼顯老。我有許多已經做了祖母的朋友，看起來都比我還年輕。」陳太太說。

不，我媽媽不會變年輕的。孫蘊如在心中輕喟著。住在木屋中的那一段歲月太艱難，早已把媽媽折磨得變成一個小老太婆；媽媽的雙手，在那個時代就已粗糙砂紙一樣。可是她從來沒有幫忙過，而媽媽也不讓她幫忙，因為媽媽和爸爸都只鼓勵她努力求學，絕對不讓她為家庭操心與分神。於是，她雖然家貧，那六年中學，過的日子仍然像個公主似的，只除了沒有住皇宮，沒有吃珍饈和沒有衣錦衣而已。

上了大學，她比較懂事，知道不能讓父母一輩子操勞，加以班上同學去當家教的很多，她也找到了一份。一星期三個晚上，教一個高中男生的數理化，挺累人的，看在待遇還不錯的份上，她也咬著牙忍受，因而對她本身的功課也多少有點影響。

趙卓可比她幸運得多。他家雖不富有，可是他的父母都有工作，不需要他幫忙養家，所以他得以專心學業。他是建中畢業的，聽說他原來也可以保送臺大，但是他拒絕保送，而以第一志願考進了臺大的化學系，成為系狀元。在孫蘊如的眼中，他是個傢伙。最令她生氣的是，每次考試，他總是全班分數最高的一個。而且科科都拿手，彷彿天下無難事。而她，老是差他一兩分屈居亞軍，真是把她恨得牙癢癢的。

她班上只有三個女生，其他兩個，容貌平平，功課也平平，即使萬綠叢中一點紅，也不怎麼受人注意，那些男生都寧願向外發展，可是她不同。她小時候是隻瘦瘦小小的醜小鴨，到了高中快畢業時漸漸出落得標緻起來。上了大學，脫下綠衣黑裙，留長了頭髮，更像脫胎換骨了似的，完全變了一個人。她說不上多漂亮，可是她個子長得高，一雙眼睛大大的、亮亮的，閃耀著點慧的光輝，這使得她非常出眾。才開學不久，就有幾個男生向她表示好感，她卻一點興趣也沒有，理也不理他們。為了要早日改善家庭生活，她全副精神都集中在學業和家教上。她的父母都是讀書人出身，不會做生意，開了這麼多年的雜貨店，還是停留在只能夠維持生活的階段上，毫無積蓄。這也就是說，他們到了這把年紀，還是得不停的工作，才能養活自己。他們苦了這麼久，該是我接棒的時候了，生活要緊，那有工夫談戀愛呢？她埋首課業，是希望能夠以優異的成績畢業，然後找一份待遇優厚的工作。她盡心盡意的去當家教，是要把微薄的收入獻給雙親，以減輕他們的負擔。她的父母本來不贊成她去做家教，可是她堅持，而且已經去接洽好了。她的父母無奈，只好讓她去，再把她交給他們的錢存起來，將來另作他用。

她這樣埋頭苦讀，倨傲地不理會男同學，那些男生在私底下就稱她為冰山美人。她對他們根本不予理睬，連名字也不認得幾個。但是她知道趙卓，那個跟她一樣高高瘦瘦的男孩，那個分數永遠比她高一點點的人。然而，奇蹟似地，大三上學期的期終考，趙卓的成績突然低落了許多，不但比不上她，也比不上好幾個人。在這種情勢下，她自然就一枝獨秀，高佔鰲頭。不知怎的，她對這個突如其來的局面並不怎麼高興，她只想勝過趙卓一兩分，趙卓這次的突然退步，顯然是一時的失常，並不意味著他比不上她呀！

同時，她看得出趙卓近來形容十分憔悴，期中考的成績發表以後，他更是沉默寡歡，心事重重，這更使得她感到自己的勝利不是味道。

晚餐的時間到了，空中小姐把一份便餐送到她的面前，打斷了她的冥想。

她皺著眉望著托盤中幾樣簡單的食物：一塊乾乾的炸魚、一小撮沙拉蔬菜、一條小小的香腸、一塊布丁、一小塊麵包。不知怎的，她自從決定回國以後，似乎就因為心事重重而失去了食慾。她本來就吃得少，近來更往往以濃濃的咖啡來代替一餐，以致原來就瘦削的身材更顯得纖腰不盈一把。

她用叉子叉了一片番茄放進嘴裡，沙拉醬太酸，味道簡直是不對勁。她輕輕嘆了一口氣，就把叉子放下。

陳太太看在眼裡，就對她說：

「飛機上的食物總是不好吃的，隨便吃一點吧！不吃會餓壞身體的呀！華航的伙食比較好，我以前每次來都坐華航的，可是這次我在一個月前就訂不到機票。他們說，現在國內開放觀光護照，出國的人多，機票是越來越難買了。」

「真的？這樣說來，我們的社會實在富庶得很啊！陳太太，聽說國內現在家家都有彩色電視機和電冰箱了，真有其事嗎？」孫蘊如忽然想起了這個問題。

「當然是真的，不要說彩色電視和冰箱了，現在有自用汽車的人也普遍得很哩。」

「我離開臺灣九年，對一切都十分隔膜，真是太孤陋寡聞了。」孫蘊如搖著頭，慚愧地說。別人家家都那樣富裕，我的家可能例外吧？她父親在三年前得了一場中風，變成了半身不遂，就此癱瘓在床上。她母親把雜貨店的貨物以低價讓給了別人，所得的錢還不夠購買一層小小公寓的自備款，自然沒有辦法享受電化生活。她從母親的信上知道了這件事，就在自己的儲蓄中撥出一筆寄回去，讓父母親在晚年可以有自己的屋子，不必再寄人籬下，當然自從她出國以後，由於有獎學金，她每個月都省吃儉用地寄一些回家的。父親病後，她也負擔了一大筆醫藥費。

從父親的病，她忽然又想到了趙卓，他就是因為他父親去世的關係而沒有辦法出國的。假使沒有那場不幸，她就不是今日的她了。

她記得：在那次期中考以前，她一直不曾跟趙卓在課室以外說過話。成績發表以後，有一天，下課後她在車站等車，赫然發現趙卓也在那裡，垂頭喪氣的，一隻腳不停地在踢著一顆小石子。他偶然一抬頭，發現了她，卻馬上又低下頭去。

「趙卓，你家不是住在三張犁附近嗎？怎麼也搭這路公車？」她覺得跟同學在校外碰面，不應該如此冷淡，就先開口。

「妳家也不住在這條路線上呀！」他說，停止了踢石子的動作。

「我是去當家教。」她說。

「我也是去當家教。」他說。

「哦？你甚麼時候也當起家教來的？」她顯得有點訝異。

「因為我父親病了，需要長期治療，我難道不應該盡一份力量？」

「當然！」她點點頭，對他的印象頓然改觀。原來他是個相當孝順的兒子，倒是難得啊！這次分數的突然低落，一定是跟他父親的病有關了。不過，她不喜歡當面稱讚別人，尤其是這個人曾經一度是她的敵手，她更不便隨便誇讚他，就只是淡淡的說了兩個字。

公車開來了，他護著她擠了上去。一路上，大家談到家教的情形，原來他們所教的學生住得相當近，都在忠孝東路四段，而且也都是一、三、五上課。於是，他們約好了以後下了課一起去。

同車了好幾次以後，從趙卓的口中，她知道了趙卓父親得的是肺癌，雖然有公保，但是需要長期服用高貴藥，那是要自己掏腰包的。為了他父親的病，她發覺趙卓日漸憔悴，他不但不跟她作分數上的競賽，對學業也不再關心；現在的他，變成了成績只在及格的邊緣而已。

她對這個曾經被自己目為倨傲自大的人開始有點憐憫與同情。她主動跟他一起在學校附近的小館子吃飯，約他去看場電影。他每天到醫院去看父親，如果她有空，她也會陪他到醫院去。

不過，她不進病房去，她只是默默地坐在樓下的長椅上等他。

在周遭的藥水氣味中，她觀察著那些愁眉苦臉的病人，想像著趙卓父親被癌細胞折磨得不成人形的樣子，她漸漸體會到他內心的感受。有一天，外面下著綿綿春雨，下得天愁地慘，她的心情也為之十分抑悒。她又陪他到醫院去，他到樓上的病房去時，她仍然坐在樓下候診的長椅上等他。這一次，他上去了很久，下來的時候，她看見他的臉色慘白，瘦削的雙肩彎向前方，背也駝了下來，而且不停的乾咳著，她直覺到：他一定也有病。

「怎樣？趙伯伯今天好一點了吧？」她站起身來迎著他，照例禮貌地問一句。

他並沒有立刻回答，只是急步逕直向醫院大門走去，她吃力地跟著他。走到門外，他才低低地說了一聲：

「我爸爸恐怕好不了囉！」

她吃驚地抬頭看他，只見他滿臉淚痕。

「趙伯伯到底怎樣了？」她忍不住握住了他的一隻手。一個大男孩當眾落淚，這使得她的心都碎了。

他也反握著她的手，握得好緊好緊。

「我上去了將近半個鐘頭，我爸爸一直昏迷不醒，他的呼吸好微弱，樣子瘦得好可怕。我站在那裡不知怎樣好，媽媽知道我今晚還要去當家教，就把我趕出來了。孫蘊如，我好害怕，假使我爸爸忽然間走了，那我怎麼辦？」一向自負而又自信的趙卓，這時，卻是可憐兮兮地像個無告的小孩。

「不會的，趙卓，現在醫藥發達，病魔不會那麼容易把人打倒的，你應該對趙伯伯具有信心才對。」

「我不但對我爸爸沒有信心，甚至對我自己也沒有信心。」他放開了她的手，長嘆了一聲，又乾咳了幾下。

「趙卓，你自己也憔悴得不成樣子了。為了你的父母，你對自己的身體也要加倍愛護才行。」她看了看錶。「時間不早了，我們去吃飯吧！今天很冷，我們去吃沙茶火鍋好嗎？」

趙卓無可無不可的點點頭，兩人一起走向雨中，他打著傘，她依偎在他的身邊。

過馬路或者遇到人擠的時候，他總是不忘記禮貌地伸出手來摟著她的肩膀。到目前為止，他們彼此都還停留在同學的關係上；可是，她已十分珍惜目前這種近乎患難相扶持的交往了，她多麼的希望這次雨中之行的路途永遠走不完。

在那間密不通風的小店裡，在冒著騰騰熱氣的火鍋前，心力交瘁的趙卓，有點驚訝於孫蘊如今夜的美麗。過去，他只知埋頭在書本中，對女孩子一直是眼高於頂，絲毫不感興趣。他認得孫蘊如，因為她不但是班上成績最好的女生，而且好得跟他不相上下。他那時有點恨她：女人嘛！幹嘛要唸化學，而且還唸得那麼好，莫非全心跟我過不去？那個時候，他根本沒有去看她的臉孔長得美或醜。後來，他父親生病了，他不再跟她作分數競賽了，而她又主動跟他交友了；他這才注意到她是個高挑的女孩，瘦瘦的，有幾分靈氣。

現在，在暖氣的蒸薰下，她的雙目含春、雙頰嫣紅，他竟忍不住癡癡地望著她。

「吃呀！儘看著我幹甚麼？」她嬌嗔著，卻在火鍋中挾起了幾片牛肉放到他的碗裡。

「孫蘊如，妳為甚麼要對我這樣好？」他乘機捉住她的一隻手。

「我不知道，不要問我。」她低著頭，把手掙脫了。

「假使你知道我以前恨過你，你還會對我這樣好嗎？」他問。他的面孔雖然因為憂心而變得憔悴，但是一雙大眼仍然亮得像天上的星星。

「我當然知道。我們三個女生在背後都叫你尼采，我們都認為你是仇視女性的。」她掩著嘴笑了起來。

「哦？我居然有這樣偉大的外號？」他也得意地笑了起來。

機艙外的天空不知甚麼時候已變成墨黑了。環顧四周的搭客，有些人已把座椅往後仰，蓋著毯子，呼呼大睡起來。

有些人用耳機在收聽音樂；有些人在閱讀。她鄰座的陳太太也蓋著毯子閉著雙眼，大概也尋好夢去了。她樂得無人打擾，耳根清淨，於是，又回到往事裡。

到了大三那年的暑假，趙卓父親的病勢有了好轉，可以出院了；於是，趙卓又恢復了以往的活潑和衝勁。開學以後，他的成績突飛猛進，不久，又和她並駕齊驅。在一次郊遊中，他在樹叢中吻了她。然後兩人緊緊擁抱著，流著淚私訂了終身，並且向天矢誓互愛不渝。一想起當年的純潔與天真無邪，事隔十年，孫蘊如還是忍不住悄悄滴下了眼淚，還好現在所有的乘客不是在睡覺就是在聽音樂，誰也沒有注意到她。

兩個人都以優異的成績畢業，她還輸他一分。由於潮流所趨，一畢業，他們班上那兩個女生便出國深造去。男生雖然要服兵役，但是大部分也準備向外國的研究所申請獎學金。只有趙卓和孫蘊如沒有這樣做。趙卓是因為父親的身體還不怎麼好；孫蘊如則是因為家貧，就算申請到獎學金，她也不忍心要父母親負擔那筆旅費。可是，她的系主任卻認為以她的才華，不去多學點東西太過可惜，就勸她去申請扶輪社的一種連旅費都供給的獎學金。趙卓也勸她，她拗不過大家的好意，抱著姑且一試去申請，結果竟然通過。

「趙卓，我不想去，我捨不得離開你，也捨不得離開爸媽。」接到扶輪社的通知，她不但不感到高興，反而傷心地哭了起來。

「傻丫頭，這機會很難得，怎可以放棄？再說，明年我服完兵役，爸爸的身體到時一定已經康復，我就到美國找妳。我要是能夠拚一年的命把碩士學位修到，兩年後兩個人就一起回來結婚，那樣豈不很理想？反正，我馬上就要去服役，我們這一年是註定要分開的，妳說是不是？」他握住她的兩隻手，熱烈地這樣說。

結婚？假使人生的一切都可以隨自己的計畫而決定，那該多好；那樣，就不會有生離死別、悲歡離合了，而她也不會像現在這樣懷著落寞的心情孤零零地一個人回來了。

孫蘊如嘆了一口氣，閉上雙目。睡吧！為了這一趟回來，這半個月來也夠累人的：把工作移交，整理行李，向朋友辭行……幾乎每天都睡眠不足。

本來就瘦削的她，就顯得更憔悴，怪不得鄰座的陳太太誤認她為同年齡的人了。

她的眼睛閉著，腦子裡卻清醒得很。她不想再去回憶往事，往事卻像電視節目中那些討厭的插播廣告硬要呈現在眼前，想不看也不行。首先，她看到剛到美國的自己——當年那個青春活潑的少女，卻是整天躲在圖書館中埋頭苦讀。

她住在學校的宿舍裡，同室是一個日本女孩，她本來就討厭日本，所以除了禮貌的招呼外，很少主動跟她說話。她每天只在宿舍、教室、實驗室和圖書館之間出進，連週末也不離開那充滿十九世紀風情的古老校園。從週一到週五，她用全力應付功課，週六寫信給趙卓，週日寫信給父母，整個學期都如此。因此，她雖然已經在哈大唸了一個學期的書，竟連美國麻省的劍橋是個甚麼樣子都不知道。也由於她的努力用功，她雖然在哈佛改修生物化學，但是第一次期考的成績每一科都得了A，使得那位外籍學生顧問不禁對她翹起大拇指直誇「中國女孩真是了不起」。

那年的耶誕前幾天，她被幾個中國同學逼著一起南下到佛羅里達享受了一個星期的陽光和溫暖，那是她到美國以來的第一次把自己鬆弛下來。在那次旅行中，她認識了一個從香港來的男孩陸士明，也是哈大的學生，讀文的。也許是因為陸士明長得跟趙卓有些地方相似，她有時就會情不自禁地偷瞄他兩眼。陸士明以為她對他有意，也對她特別殷勤，在旅途中對她照拂有加。在邁阿密的海灘上，孫蘊如因為不會游泳而只是躺在遮陽傘下欣賞白種女人豐滿的胴體，陸士明也就膩在她的身邊，寸步不離。等到她警覺起來，同行的人已經把他們當作一對了。

在歸途中，她極力躲他，可是他不放鬆。為了可以多玩一些地方，回程時他們沒有坐飛機而搭乘灰狗。他每次都坐在她身邊，行車的時候他並不打擾她，到站停車休息時，他就替她買飲料和食物，服侍周到，卻不顯出巴結的痕跡。人心是肉做的，孫蘊如來美後一直太埋頭於課業，無暇他顧。

到現在連一個朋友都沒有交到，自然會感到孤獨，現在有一個人對她這樣關懷體貼，又怎能不感動？漸漸地，她竟覺得無法拒絕他的好意。她想：我跟他只是初識的普通朋友，回到學校以後就不再理他，大概沒有關係吧？

回去以後，陸士明果然約了她幾次，她都沒有答應。農曆大年夜，剛好遇到週末，校中的中國學生有的到親友家中作客，有些成群結隊外出尋樂；甚至她同室的日本女孩也到她的同胞家裡過年去。只有她，一個人孤零零地在宿舍中苦讀。望著窗外的冰天雪地，想起萬里外的父母和趙卓，不禁黯然淚下。

不久以前收到趙卓的來信，說他爸爸病勢轉劣，又住進了醫院，他還剩五個月就服役期滿了，希望那時父親病好，他就可以順利來美了。他還告訴她，他也要申請來哈大就讀，以他的成績，大概沒有甚麼問題的吧？想到了這裡，一向沒有任何宗教信仰的她，也忍不住低首向上蒼默禱：保佑趙卓的爸爸早日病癒，保佑趙卓如願來美。

桌上的電話響了。她拿起話筒，說了一聲「哈囉」，一個高亢而帶有磁性的男人聲音從話筒的另一端響起：

「密斯孫嗎？我是陸士明，今天晚上是我們中國人一年中最重要的一夜，我有榮幸跟你一起度過嗎？我在我住的地方準備了一些酒菜，想請妳賞光。六點鐘我來接妳。擺擺！」

她還沒有答應他，電話就掛斷了。去嗎？容易滋生誤會；不去，一個人實在孤寂難當。

這時，她實在難以取捨。他要請客，為甚麼不事先通知而臨時邀請？他還請了些甚麼人？就算去，這些也應該打聽清楚吧？總之，我怎能這樣貿貿然答應他呢？她想先打個電話去推辭一番，要是他堅持，她就去，否則，就寧願一個人待在宿舍裡啃書本。她翻遍了皮包，都沒有找到他留給她的電話號碼，後來想起，她是為了不想再跟他有瓜葛而丟掉了的。

找不到也好，我就索性不去好了，跟他又不熟，何必去叨擾他？爸爸媽媽最近寄來一包食物，有速成麵，有肉鬆，有皮蛋，今晚就吃這些道地的中國土產來過年，不是挺合適的嗎？

一經決定，她就定下心來讀書，忘記了時間。好像才讀了幾頁，電話鈴又響了。

「密斯孫，我是陸士明，我已經來了，現在正在妳樓下的會客室等妳，妳準備好了沒有？」電話裡又是陸士明那朗朗如金石的聲音。

她皺了皺眉，瞥了一下手錶，剛好六點正。這個人倒挺守時的；可是，他憑甚麼不徵求別人同意就來接呢？

「我還沒有答應你呀！」她沒好氣地說。

「啊！小姐，別來這一套吧！」陸士明用英語死皮賴臉地說。「我人都來了，難道妳要我白跑一趟？外面下著雪啊！妳總不能這樣狠心吧！」

孫蘊如最不會拒絕人，此刻，她只能咬著嘴唇不作聲。

「喂！喂！小姐，妳不可能讓我等到天亮吧？不過，我是個意志很堅決的人，說不定就真的等到天亮的。」電話那頭又傳來陸士明焦急的聲音。

怎麼辦呢？人都來了，我怎能不理他呢？就去一趟吧！他當然不會只請我一個人的，去一趟有甚麼關係？

「好吧！陸先生，請等我十分鐘。」她以一種赴湯蹈火的心情毅然地對著話筒說。

「當然，等十個鐘頭我也要等的。」陸士明笑嘻嘻地回答。

她一向不化妝，今夜是勉強赴約，更不能為他破例。她換了一身出客的服裝，梳了梳頭髮，略略塗了點口紅，披上那件從臺灣帶來的舊大衣就下樓去。

走進會客室，陸士明連忙站起來，衝著她眉開眼笑的。

「密斯孫，外面冷得很，妳這件大衣恐怕不管用，我這裡有件貂皮大衣，妳先穿著吧！」陸士明拿起放在沙發上一件黑色貂皮大衣對她說。

「你怎會有女用大衣的？」她懷疑地問。

「這是我替我母親買的，她還沒有來，先借給妳穿。」

「不，我怎能先穿伯母的新大衣呢？」

「有甚麼關係嘛？又穿不髒的。」陸士明說著，就要來脫她身上的大衣。「來，我來幫你換上。」

她不想讓他動手，只好自己把大衣脫下。「那我就試穿一下吧！」

果然，貂皮大衣的輕、暖、軟使她一穿上就捨不得脫下。這種全世界女人都夢寐以求的東西，她以前連見都沒見過，如今竟然穿在身上，真是使她難以置信。她用手輕輕攏著貂皮大衣的領口，自覺有點像電影中的任何一個灰姑娘在獲得富翁垂青，初次穿上名貴貂皮大衣時的表情；但是旋即又清醒過來：我怎可以這樣想？我只是試穿一下而已。

她準備把那件貂皮大衣脫下，可是陸士明的雙手卻按上她的肩頭。「妳可以試穿到我的家裡，外面太冷了，現在不要脫下。」

她用肩膀輕輕甩開了他的手，默默點了點頭，算是答應。穿一下跟穿到他的家裡又有甚麼分別？何必扭捏作態呢？那顯得多麼小家子氣啊！

「小姐，走吧！」陸士明一手挽著她那件舊大衣，一手伸出來，作了一個「請」的姿勢。

兩人走出會客室，陸士明就把孫蘊如的舊大衣拿去交給櫃台後面的管理員暫時保管。

「咦？那我回來不要穿呀？」孫蘊如訝異地問。

「我會送妳回來的，妳回來時還穿這一件，就不用帶著那件嘛！」陸士明說。

想想也不無道理，當著那個管理員的面，孫蘊如也懶得跟他爭辯。

鑽進陸士明那部裝著暖氣的豪華汽車，孫蘊如便嫌身上那件貂皮大衣太暖和了。

車子在雪地上平穩而無聲地駛過，離開校園，進入繁華的市區，又駛向郊區。陸士明一路上專心駕駛，不多說話。

「你為甚麼要住得這麼遠？」孫蘊如問。

「我喜歡清靜，反正有車子，遠一點有甚麼關係呢？喏！快到了，就在前面。」在黑暗中，車子停在一幢有花園的平房面前。陸士明挽著她穿過小徑走進去。他用鑰匙打開大門，領她走進溫暖如春的客廳，替她脫下貂皮大衣。室內色彩鮮明的瓶花、裝飾畫、沙發和地毯，使得孫蘊如突然覺得自己身上那件墨綠色的薄呢洋裝顯得灰暗而寒傖極了。

「你真會布置！」她打量著四周這樣說。

「那裡的話？」他謙遜地一笑。「密斯孫要喝甚麼飲料？」

「我甚麼都不要。」

「來點飯前酒好嗎？」

「不，我不喝酒的。怎麼，其他的客人呢？」

「其他的客人？我說過我還請別人？」

「難道你只請我一個？」

「是呀！我親自做了幾道菜，專誠請你來和我一同守歲的呀！」

「你為甚麼只請我一個？我們才認識不久嘛！」

「因為我認為只有你值得我請。好了，我們不要再這樣問答下去吧！年夜飯該開始啦！」

他把她引進廚房，全部都用淡綠和白色做裝潢，非常雅緻。一張小小的餐桌，鋪著淡綠色的桌巾，白色時花瓶中插著幾株洋水仙。兩副象牙筷子和一套很精緻的翠綠色瓷碗、瓷湯匙和淺碟相對擺放著。

「你真講究！在美國還有這種東方式的享受？」孫蘊如說。

「這是我唯一的嗜好，餐具還是我親自從香港帶來的。」陸士明一面說著一面拉開椅子。「小姐，請坐。」

他又從烤箱中拿出幾樣小菜：起士焗鯧魚、紅煨明蝦、葡國鷄、烤白菜、鷄茸玉米湯。然後，他又拿來兩隻高腳玻璃杯，一隻放在她面前，一隻放在自己面前，接著就給她倒酒。

「陸先生，我不喝酒的。」她著急地說。

「慶祝過年，豈可無酒？喝一點點香檳，沒有關係的。」現在，他在她對面坐下，向她舉杯說：「密斯孫，來，我敬你。」

她舉起杯子在唇邊抿了一下。

「喝一小口，試試看，它一點也不烈的。」陸士明用一雙含情脈脈的眼光凝望著她。

那眼神跟趙卓是那樣相似，這使得她嬌羞地低下頭去，而且又像被催眠似的喝了一口。酸酸的，的確沒甚麼嘛！

「小姐，請用菜！」

「都是你做的呀？真了不起呀！」孫蘊如嚐了一箸烤白菜，她覺得那味道真像是在臺北館子裡吃過的一樣。

「不是我做難道還有傭人替我做？告訴你，我的父親是美食專家，常常喜歡親自下廚表演幾道名菜招待朋友。我也愛吃，從小就跟父親學到了幾下絕招，所以今天能夠在劍橋這種沒有中國城的地方利用烤箱做出幾味中國菜來。怎麼樣？味道還不錯吧？」

「好極了！真想不到一個男人居然會有這一手。」孫蘊如由衷地說。她對烹飪是一竅不通的，因為她母親從來不讓她去做，這使她感到有點慚愧。

「謝謝你的誇獎！請接受我的謝意。」他又舉杯向她，她只好再呷了一口。

室外是風雪漫天，室內卻溫馨、光明而充滿了家的情調。這是她第一次在異國過年，她想家想趙卓想得厲害，可是大年夜卻在一個初識的朋友家中度過，人生的際遇是何等奇特啊！

「怎麼啦？在想心事？還是想妳的男朋友？」陸士明一雙多情的眸子似乎看穿了她的心胸。她一面搖頭說沒想甚麼，一種身世的飄零之感卻使得她悲從中來，盈盈欲淚。

陸士明默默地看著她，她沒有說甚麼，只是從口袋中拿出一條雪白的、柔軟的手帕交給她。她接過來，在眼角上輕輕印了一下便交還給他。「對不起，每逢佳節倍思親，我的確是想家了，請原諒我的失態。」

「假使妳想哭，就盡情的哭吧！把情緒發洩了，妳就不會難過。」

「不，我還不至於那樣脆弱。其實，我還是相當堅強的，否則我怎會一個人跑到萬里外來求學呢？」她不想再去勾起不愉快的回憶，就勉強一笑的說。

「我們都是飄泊天涯的遊子。海外知己，天涯若比鄰，我們來乾一杯，與爾同消萬古愁吧！」

陸士明又舉杯向她，在已乾的淚眼和未消的愁懷中，她彷彿看到舉杯的是趙卓，就不由自主的喝了一大口。

酒，似乎在她體內發生了作用，她變得活潑而愉快起來。她認真的去品嘗陸士明所做的菜；開懷地喝香檳；無拘無束地跟他聊天。漸漸地，她忘記了自己是置身異國，而以為自己是在臺北的老家和趙卓一起吃飯。吃著，喝著，她忽然說：「我好睏啊！」於是「趙卓」說：「那就去睡吧！」他站起來扶她到臥室去，讓她躺在一張又溫暖又舒服的床上，她馬上就沉沉入睡。

回憶到這裡，在客機中半睡半醒的孫蘊如突然驚醒起來，額上還冒著涔涔的冷汗。這件事過去八年多了，每次想起，她還是羞愧和悔恨得想自殺。她恨陸士明，但是也不原諒自己。

就像所有庸俗的愛情小說和電影一樣，她在那次酒後被陸士明佔有了。等到她醒過來發覺，大哭大鬧又有甚麼用？像煞趙卓的陸士明滿臉慚愧地跪在床前向她懺悔，說他也只是酒後情不自禁而絕非預謀的。他雖然是偷偷愛著她，可是他願意以人格擔保，他絕對不是用卑鄙手段來獲得她的那種人。假使她答應，他十分樂意娶她為妻。

這種婚姻會幸福麼？她雖然年輕，也明白這個道理。

「你這個無恥的騙子，少再跟我花言巧語了。你知道嗎？假使我手上有刀，我會殺死你的。」她站起來，用盡全力把陸士明重重摑了一巴掌，算是洩了憤。「現在，送我回去，我再也不要見到你了，你這條色狼！」

等她梳洗好，陸士明又為她披上那件貂皮大衣。她本想拒絕，可是想到外面的寒冷，也就拒絕不起來。心裡卻在泣血：我是為了這件貂皮大衣而出賣了自己的啊！

把她送到女生宿舍的大門口，陸士明在她臉上輕輕吻了一下說：「達令，我晚上再來看你。」她不理他，逕自走了進去。她先到管理員那裡取回舊大衣，管理員同時又拿了一封信交給她說：

「小姐，你的信，從臺灣來的。」

藍色的郵簡，遒勁而稔熟的筆跡，只一瞥就知道是趙卓寄來的。丟下一句「謝謝」，抱著大衣拿著信就急急回到房間裡。來不及去拿剪刀，就用指甲把封口扯開了。

郵簡內的字跡很凌亂，很大，只有簡單的幾行：

「父親已於一週前病故，今天剛料理好後事。母親也因哀傷過度而臥床，我自己亦不知能否支持下去，但是喪假不久將滿，我還是得打起精神回部隊去。出國之事只好暫時不談了。……」

看完信，她崩潰了。同房的日本女孩不在，她得以毫無顧忌地放聲痛哭。趙卓，我對不起你，我沒有面目見你！

她扯著自己的頭髮，搥著床，希望自己立刻死去；但是，既沒有自殺的勇氣，也覺得不能就此丟下父母不管。為今之計，只好暫時瞞著他，等他對父親的哀悼過去了，再坦白告訴他吧！現在是絕對不能給予他雙重打擊的。

在床上躺了一整天，反正那天是星期日，不用上課，她正好躲在被窩中埋葬自己的憂傷。入夜，電話鈴響了。是陸士明，他又來到樓下，要拉她出去玩。

「滾到地獄裡去吧！不要再來煩我了！」她用英語大聲向著話筒吼叫，然後把話筒放在一旁。女生宿舍是不准男性進入的，電話打不進來，陸士明只好乖乖離去。

她一眼瞥見丟在椅子上的那件貂皮大衣，心裡就有氣，真想用剪刀把它剪破；可是一想到陸士明說是替母親買的，又不敢造次。她先把它塞進衣櫥裡，免得日本女孩回來看見了大驚小怪。那天晚上，她一面流著淚一面寫信安慰趙卓，也不知道是為自己還是為趙卓傷心。

陸士明以後又打了幾次電話來，她都不接。有一次，她從圖書館裡出來，卻發現他等在門外。她不理他，他跟了下去，柔聲地在她耳邊說：

「達令，妳老是生氣會傷身體的，何必跟自己過不去呢？妳還在恨我是不是？那麼，妳打我罵我吧！」

她疾步向前走，還是不理他，他亦步亦趨。

「我找妳是要商量我們的婚期和結婚儀式。請妳相信我，我不是那種始亂終棄的人。」他又在她的耳邊呢喃著。

「滾你的蛋吧！誰要嫁給你？我倒的楣還不夠？」她忍不住對他大吼。

「我的條件還不算壞呀！我是個文學博士候選人，我父親是少數幾個香港的英國爵士之一，家裡有點錢，我拿的又是英國護照。許多女孩子追求我，我都不屑一顧哩！」陸士明卻是嘻皮笑臉地死僵下去。

她懶得搭訕，他又繼續喃喃著說：

「只要妳答應了，我就打越洋電話去請我的父母來為我們主持婚禮，然後到歐洲去度蜜月，妳想要甚麼我就買甚麼給妳，妳會成為世界上最幸福的新娘的。」

這些條件可能很動人；但是，她能夠嫁給一個在趙卓剛遭遇喪父之痛時奪去她貞操的人嗎？

她仍舊不理他。這時，已快走近女生宿舍了，她忽然想起了那件貂皮大衣，就回過頭對他說：

「我有一樣東西要交給你，你在門口等一下。」

在陸士明詫異而受寵若驚的表情中，她昂然上樓，到房間裡把那件貂皮大衣拿出來，回到樓下，走到門外，把貂皮大衣猛然往陸士明懷中一塞，咬著牙低聲地說：

「快點滾你的蛋吧！你以後再來騷擾我，我會去報警的。」說完了，頭也不回的又上樓去。陸士明聳聳肩，自我解嘲地一笑，便抱著大衣離去。

第二天，孫蘊如收到一個大包裹，盒子裡除了這件貂皮大衣之外，還附有一個式樣很新穎的水鑽別針。

第三天，她收到一盒瑞士出品的名牌巧克力糖。

第四天，是一束紫羅蘭。

第五天，是一瓶法國香水。

第六天，一個細瓷做成的小愛神像。

第七天，一件真絲的女用襯衫，還附了一張陸士明的名片，寫著幾行英文：「假使妳再不理我，下個星期我就想不出送你甚麼東西了，因為我已挖空心思。」

孫蘊如連續收了一個星期的禮物，女生宿舍中馬上就盛傳她交上了個闊男友；加以有人知道她在旅行時跟陸士明很親近，兩人回來後雖然很少公開露面，可是哈大校園中凡是認識她的都把她當作是陸士明的女友。她系裡有兩個臺大的學長，其中一個的弟弟也跟她同年級而不同系，他是知道她和趙卓的關係的。他寫信回家時，無意中提到孫蘊如的事，這些話又傳到趙卓的耳裡。不久，孫蘊如就收到趙卓的來信，大罵她水性楊花、虛榮、見異思遷、朝秦暮楚，結論是「女人都是賤貨」，他要跟她從此一刀兩斷，他要把她過去給他的信都燒燬，就當是從來不曾認識她。

在陸士明繼續不斷的禮物攻勢中收到趙卓的絕交書，孫蘊如真是欲哭無淚，連回信的勇氣都沒有。她知道自己對這件事負有部分責任，所以也不想去辯白，因為那只有越描越黑。她本來就感到愧對趙卓，現在趙卓已經知道了而跟她決絕，這是她的自作自受，咎由自取，還有甚麼話可說？更糟糕的是，她發現自己在生理方面發生了變化，而且又正是自己日夜擔心的那種。我的天啊！我該怎麼辦？

雖然禮物攻勢仍然繼續著，但是陸士明很少打電話來，因為孫蘊如一聽見他的聲音就把話筒放下。如今，該怎麼辦呢？他不打來，難道我打過去？也沒有辦法了，誰叫自己是女人？女人在這方面總是吃虧的。

趁著同房的日本女孩不在，她打電話給他，約他下了課在校外一家小小的咖啡室中見面。他欣喜地說要開車來接她，她拒絕了。

在那間雖小而很有歐洲情調的咖啡室中，兩個人在一個角落裡對坐。她流著淚把自己的隱憂告訴了他，他緊緊地握著她的手，替她拭去眼淚，安慰她說：「這有甚麼好哭的？我們明天就到市政府去結婚，不就得了嗎？」

她默默地點了點頭。不結婚又怎麼辦？為了人道立場，她不想殺害那無辜的小生命，為了他，她只好把自己一生的幸福作孤注一擲了。

她奇怪的是：陸士明不是說過要有豪華的婚禮，還要請他的父母來主持嗎？現在怎麼又不提了呢？是因為太匆促來不及嗎？那些雖然不是她想要的，但是她還是覺得他太善變。

簡單到不能再簡單的婚禮，在陸士明那間雅緻的住所、也是他們的新家裡以茶點招待了幾位要好的同學，孫蘊如就變成了陸太太。沒有蜜月，因為他們兩人都要上課；沒有公婆和親人的祝福，後來她才知道陸士明的父母本來屬意於一位香港富商的女兒，他們認為孫蘊如跟陸士明門不當戶不對。而孫蘊如自己也在婚後才輕描淡寫地在信上告訴父母，她和趙卓鬧翻，已在美國結婚了。

婚後的孫蘊如依舊埋頭課業中，不，應該說更加用功才對。因為她自知無法跟陸士明發生愛情，不想跟他有太多時間相對，所以只有經常躲在圖書館中，避免在家中大眼瞪小眼。還有，她希望在孩子出生以前拿到碩士學位，以免因為生產而耽誤，所以就只有加倍努力了。

轉瞬之間，嚴冬過去，又到了春暖花開的季節。這一天，特別暖和，孫蘊如下午沒有課，在圖書館裡坐了幾個鐘頭，累得腰痠背痛，等到她收拾好桌上的課本和筆記走出館外，已是黃昏時候。

校園中盛開著色彩豔麗而她叫不出名字的北美洲的春花，空氣中隱隱飄浮著香氣，境界真是醉人。她一個人坐在一張長椅上，遙望著天邊的落霞，嗅著花香，肚子雖然有點餓，可是不願回家去。她很怕做飯，尤其怕陸士明挑剔她所做的菜不好吃時的嘴臉。陸士明從開始就知道她是不得已才嫁他的，而她對他又裝不出熱情的樣子，她覺得自己的心已經死了，剩下的只是一副行屍走肉而已。這一點，陸士明也察覺到了。因而他也開始恨她。

她坐了很久很久，天色已漸漸暗了下來。忽然，有一個人遠遠向她走來，走近一看，原來是陸士明。

「妳坐在這裡幹嘛？為什麼還不回去做飯？」他氣勢洶洶地指責她。

「你這個人說話為甚麼這副德行？妳是在對僕人還是太太說話？」

「不管妳是甚麼？妳做了我的妻子，就有義務替我燒飯。」他狠狠地瞪著她說。

「我上了一天課，好累！求求你，吃罐頭或者速成食物好不好？我實在沒有力氣做飯啦！」

「我知道妳今天下午沒課，為甚麼不回家？」

「我就在圖書館裡唸書嘛！」

「妳以為我不知道？妳是在躲我！妳既然這樣討厭我，為什麼要嫁給我？說呀！」他的聲音越說越大。

「好，好，好，我馬上回去燒飯。不要嚷了，叫別人聽見了多難為情。」她怕他再鬧下去，只得站起來跟他一道回去。

然而，當她辛辛苦苦地張羅出一頓晚飯，他又嫌她鹽下得太多，重重的把筷子一摔，掉頭就出門去，到了深夜，這才酒氣薰天的回來。

新婚的日子在冷戰和不斷的齟齬中度過，到了仲夏，她的肚子已微微突出，坐久了也開始感到難受。為了避免跟他吵，現在她已負擔起全部家務，加上課業的重壓和身體不適，她覺得她的日子簡直是一連串的夢魘。然而，這又有甚麼辦法？還不是得忍受下去？

有一天，她下了課又到超級市場買了一大批食物回家，早已累得話都不想說。進了門，看見陸士明鐵青著臉坐在客廳裡，也不起來幫她接下臂彎中的大包小包。

她也不理他，逕自走進廚房。他卻跟了進去，冷冷地問：

「趙卓是誰？」

她心裡一驚：他怎會知道他的名字的？嘴上卻淡淡地回答：「從前臺大的同學。」

「恐怕不止是同學吧？」他冷笑了一聲。

「你怎麼啦？你？」她憤怒地轉過頭去瞪著他。

他的手中拿著一封信，臉上露出了狡詐的表情。

她眼尖，認得出是她的母親寫來的。「你，你憑甚麼偷看我的信？」她生氣地叫嚷著，一面就伸手去搶。

「憑甚麼？憑我是你的丈夫呀！再說，難道我沒有權看我岳母的來信？」陸士明把信舉得高高的。

「你這個卑鄙的、沒有教養的人，居然偷拆、偷看而且侵佔別人的信，你不給我就算了。」她懶得再搶，就開始處理那些買回來的食物。

「昨天出去替妳爸爸買藥，在路上遇到你的同學王少茂，他告訴我趙卓已退役了，可是卻生了一場大病，身體衰弱得很，在半年內恐怕無法工作。孩子，我覺得妳實在對他不起，我猜他的生病跟妳的結婚多少有點關係吧！」陸士明卻站在她對面，拖長聲音，一個字一個字在唸他岳母的來信，唸完了，又厲聲地問：「快說，趙卓是誰？」

聽見趙卓重病，孫蘊如的心都碎了，但是，在陸士明面前，又不得不力持鎮定。「那是我出國以前的事，與你無關。」她說。

「可是，妳仍然愛著他；而且，妳從來不告訴我妳以前有過男朋友，是因為心裡有鬼，是不是？」他又大聲地問。

「陸士明，你不要無理取鬧好不好？我已經嫁給你了，這還不夠麼？」

「不夠！我只得到妳的身體而得不到妳的心，這有甚麼用？我早就知道妳不愛我了，原來妳另有心上人。說呀！妳是不是還愛著他？」陸士明用力把餐桌一拍，把孫蘊如嚇了一大跳。

「把信還給我，我不要聽你胡說八道！」她沉著臉說。

「妳說了我就給妳。」他還是把信舉得高高的。

「你到底是人不是人？？你總得讓我把信看完才能回答你呀！」她在心裡埋怨母親糊塗，這些話怎能在信上寫？心一急，她就想馬上把信拿到手，於是，就走過去踮起腳尖去搶。

他不給她，一直往後退。她撲過去，因為地板滑，一時站不穩，失去重心，整個人就往前仆，肚子剛好撞在桌角上，一陣劇痛，她立刻倒在地上，失去了知覺。

醒來以後，她發現自己躺在醫院裡，那次小小的意外，使她失去了她的孩子。以後，陸士明對她雖然好一些，可是兩人已經貌合神離，她提出離婚，他也沒有反對。於是，他們就結束了半年的婚姻生活。

恢復自由之身後，孫蘊如順利地拿到碩士學位。她寫信給趙卓，把全部事實都告訴他，並且表示想回國服務。但是，連去兩封信，都原封不動地退了回來。她就狠下心來，再讀博士。她原是讀書的好手，博士學位又讓她靠著獎學金順利的拿到。這個時候，她原該回國去侍奉癱瘓在床上的父親和寂寞的母親；可是，她還沒有忘情於趙卓，不想回去觸景傷心，就接受了麻省一家醫院生化研究室研究員的位置，從事研究工作。這幾年來，除了偶然想起趙卓之外，她已心如止水，除了上班，就窩在自己的公寓裡看書、看電視，從來不跟別人來往。半年下來，她發覺自己不但在外表和性格上都像老處女；而且，她發現自己也根本不是甚麼天才，只不過是一部善啃課本的機器而已。在美國從事研究工作的人，都必須經常有論文發表，才會受人重視；但是，她卻一篇也寫不出。她雖然讀了那麼多的書，不過，那似乎都是為了應付考試而讀的。自從入學以來，她每次考試的成績都很好；然而她對書本並沒有真正的消化，現在離開學校，雖然擔任研究工作，卻是毫無創思，毫無主見，叫她又怎能寫出新的論文來？

現在的她，不但心如止水，而且心灰意冷，她不知道自己這份工作還能混下去多久？幾度想回國，又提不起勇氣。

……

「孫小姐，快到東京了，我們下去走走吧！」

她不知甚麼時候睡著了，直至坐在邊旁的陳太太輕輕推了推她，這才醒過來。

她赧然地對陳太太淺笑一下，把夢影和往事拋開，從皮包中拿出粉盒，對著小鏡子梳了梳頭髮，也淡淡抹上些口紅。轉過頭去看陳太太，她早已收拾得容光煥發，顯得比昨天還要年輕。

班機在羽田機場有一小時的停留，兩人就結伴去逛機場大廈。孫蘊如好像聽誰說過：世界上的機場大廈內部都是一個模樣的，她雖然一共只到過幾處機場，也覺此言不假；不過，為了消磨時間，她也只好陪著陳太太隨便逛。

在免稅商店五花八門的商品前，她忽然想到：離家多年，她似乎應該為雙親各買一份禮物。這幾年，她賺到了錢，每月寄回的美金也不少。只是在母親的來信中，她知道母親節省成性，除了父親的醫藥費以外，還是不怎麼捨得花用。

這次回去，是不是該讓他們有一份屬於自己的驚奇呢？她向陳太太徵求意見，陳太太先告訴她日本的東西很貴，雖然免稅，還是比臺灣貴得多，現在的臺灣，甚麼東西都買得到，不如回到臺北再買吧！她想想也有道理，回到臺北，跟媽媽一起到百貨公司去選購，那種樂趣，又豈是她隨便替他們買一樣可比的？

飛機再度起飛，再兩個多鐘頭，她就可以看睽違了九年的，還有她的爹娘了。近鄉情怯，她忽然又覺得心慌起來。她明知自己對前途的抉擇沒有錯誤，卻還是害怕自己能否對往事真能忘情。三年多以前，她同學的來信中知道趙卓已經結婚生子，而她自己卻還孑然一身；那麼，她對他應該已經沒有甚麼虧欠的了，為甚麼他的影子始終無法從心頭揮去呢？也許，也許，直到有一天有另外一個人來取代了，才可以把他完全忘懷吧！但是，會有這麼一天嗎？

她想回來真是想了好幾年的了，除了怕為相思苦以外，一種人類的惰性也使得她日復一日地拖下去。直到，直到那個花生農夫出身的美國總統忽然露出了獰笑的嘴臉，出賣了他多年的盟友中華民國，她，也像很多熱愛祖國的留學生和華僑一樣，去參加過好幾次示威運動；同時，也猛然省悟到，此地不可留，不如歸去。她的身心都已太疲乏，她必須回到母親的身邊去休息了。這次回去，她不敢奢言報效國家，起碼，她還是一個有用的人才。儘管她不是天才，她還是有著專門的學識，她可以替醫院、藥廠工作，也可以去教書呀！就這樣，她辭退了那份幹了將近四年、不死不活的、也從來不曾被重視過的工作，同時寫信回家稟告雙親：離巢的小鳥行將倦遊歸來了。

「請各位旅客注意：我們的飛機已到達臺灣上空，十分鐘之後就要在桃園的中正機場降落了。請繫緊安全帶，不要抽煙。謝謝你們的合作。」

擴音器響了起來，原來已經到了。孫蘊如精神為之一振，面上不自覺地展露出一絲笑容。她把臉湊近窗口，往下一望。啊！連綿不斷的青山，碧綠的田疇，靜靜流向大海的河流，如帶似的公路，這就是她魂牽夢縈的第二故鄉了。故鄉！我又回到你的懷抱裡來了。飛機從一個高樓聳立如林的都市旁邊掠過，她轉遍頭去問陳太太：

「這就是臺北市？」

「是呀！臺北市已變成完全現代化的都市了，有許多地方，你一定已經不認得。在桃園的中正國際機場，是十大建設中之一，也剛落成不久，比松山機場大了六倍，宏偉得很啊！對了，孫小姐，你們老太太會不會來接你？」陳太太說。

「我在信上要她不要來的，一則她要伺候爸爸，二則路太遠，我何不自己叫計程車回去呢？」

「孫小姐，難得我們同機一趟，也是有緣。待會兒我先生會開車來接我，我們就順道一起回臺北好了。路上，經過百貨公司時，我還可以陪你去買禮物送給你的父母。是我勸你不要在日本買的，所以我有義務陪你。」

「陳太太，妳太好了，謝謝你！」孫蘊如開心地說。在飛機上就遇到這麼熱心的同胞，她直覺自己這次回國一定事事都順利。

愛吃番薯粥的人

「慕德，我是玉蟬呀！好久不見了，怎麼電話也沒有一個呀？」電話那頭，傳來一陣高亢的、急促的、帶著濃重鄉音的女聲，這邊握著話筒的趙慕德一聽，頓時感到不好意思起來。

「玉蟬，真對不起！我最近比較忙嘛！」她紅著臉解釋。是的，多年老同學，在臺北的只不過她和馬玉蟬兩人而已，怎可以這樣疏遠呢？

「不管你忙不忙，告訴你，艾媚要回來了，跟她的先生Danny一起。我們兩個人合起來替她接風吧！她明天中午到，我們晚上就請她，省得給別人搶先。漢東也去，你也要帶先生一起啊！」玉蟬連珠炮似地響個不停，使得慕德連插嘴的機會都沒有。

「在那裡請她呢？」好不容易玉蟬停了下來，慕德才有機會發問。

「在圓山好了，他們是見過世面的，其他的地方恐怕他們看不上眼。」

「他們是幾點的飛機，甚麼航空公司呢？」對玉蟬的動不動就要在圓山宴客充闊，慕德有點不以為然，可是又不便反對。

「你不用去接機了，她又沒有信給你。你們七點到圓山就行。」玉蟬拍的一聲就把電話掛斷，剩下慕德一個人坐在電話機旁邊生悶氣。

玉蟬怎可以這樣獨行獨斷呢？請客的地點和時間都由她決定不用說，還不讓別人去接機，彷彿艾媚是她個人的，是因為艾媚嫁了一個有錢的華僑嗎？真是太勢利眼了。艾媚他們有錢是他們的事，彼此老同學，又何必那麼隆重地到圓山去請他們？現在是甚麼時期了，還這樣窮奢極侈幹嘛？

她的丈夫彥文回來的時候，慕德把這件事告訴他，彥文也憤然說：「她要擺闊，讓她去擺好了，我們可以到另外的地方去請呀！國家已到了這樣危難的地步，為甚麼還要大吃大喝？我何不把這筆錢捐給自強愛國基金呢？」

「我們不能這樣做的，一來會得罪玉蟬，二來會給艾媚瞧不起的呀！」

「我不管！她們是你的同學，你怕得罪她們，你去吧！我是絕對不去同流合汙的。」

「瞧你這種牛脾氣，隨你便吧！」

慕德既生氣而又煩惱，她不知道明天晚上單獨出席時該怎樣向她的兩個老同學解釋。說起來，她們是三十多年前的老同學了，在上海，她們一同上了三年高中，而且又坐在同一排，交情相當不錯。不過，雖然如此，在那個時候，慕德跟她們已顯得有點格格不入。慕德是個書呆子型的學生，一天到晚只知迷頭迷腦的看書，包括了課內的和課外的。而玉蟬和艾媚都喜歡打扮和玩樂，每天都打扮得漂漂亮亮的去上課，下了課不是去逛街看電影，就是去溜冰、游水或跳舞。

正因為如此，所以她們後來分開以後也走了三條不同的道路。她們畢業那年，剛好大陸陷匪，她們也不約而同的來到臺灣。慕德進了師大的國文系，畢業後便當國文老師當到現在，而她的丈夫王彥文也是學校中的同事，兩人可說是志同道合。艾媚進了臺大外文系，後來跟隨家長移民美國，嫁給一位華僑富商Danny林，在美國當起闊太太來。玉蟬結婚最早，丈夫李漢東是一家國營機構的主管，環境也不錯，所以她仍然可以像婚前那樣只知享樂。

這些年來，艾媚常常回臺灣來。雖然每次回來，三個老同學都有聚會，但顯然地她跟玉蟬親熱的多了。她跟玉嬋都喜歡打牌、逛珠寶店和高級的服裝店；有時，兩人還遠征香港去採購。這一切，又是和慕德格格不入。道不同，不相為謀，慕德倒也不怎麼在意；只是，這一次，玉蟬居然要獨斷獨行地在圓山宴請艾媚夫婦，未免過份一點吧！

第二天下午，慕德正在發愁不知穿甚麼衣服去赴宴時，玉蟬忽然又來電話：

「慕德，艾媚他們已經到了。不過，晚上吃飯的地點改了，我們到××去吃臺菜吧！還是七點，你們早點到啊！」不讓慕德有發問的機會，玉蟬又把電話掛斷了。

奇怪！怎會忽然又改地點呢？難道是她的先生不贊成？過去見過幾次面，那位李先生似乎不怎麼闊氣，一定是他反對了。這樣正好，既然不到那豪華的觀光飯店去，那麼，彥文就沒有理由不去了。剛好彥文也沒課在家，慕德把改地點的事告訴他，並且要他一同去，他也就無可無不可的答應了她。

彥文和玉蟬、李漢東和艾媚都已見過幾次，只有和Danny林是第一次會面。兩個男人熱烈的握手，也彼此打量對方。彥文的一表斯文、說話誠懇，給予Danny林一個很好的印象。而胖胖的，滿臉笑容，顯得親切而又和氣的Danny林，也使彥文對他產生好感。

大家坐定以後，玉蟬首先向大家解釋：

「今天晚上我們本來已經在圓山訂了座位的，準備吃牛排；可是，Danny和艾媚不同意，他們說要嘗嘗臺灣口味。」

「你這個人怎麼搞的？人家林先生和艾媚從美國來，牛排吃得還不夠？你怎麼想到還要請他們吃牛排的？」李漢東一聽，忍不住當眾把太太訓幾句。

「我怕他們在國外住的太久，吃不慣中國菜嘛！」玉蟬不高興的噘起了嘴。

「李先生，玉蟬是一番好意；不過，我們覺得圓山似乎太貴族了一點，那比得上在這裡自由自在呢？」艾媚在一旁勸解著。

「我是閩南人，我最喜歡吃番薯粥了。剛才，我問玉蟬甚麼地方可以吃得到番薯粥，她說一些以臺菜作號召的餐廳都有。到這裡來，是我們的意思，請不要怪責她。」Danny也這樣說。

雖然她們吃的是番薯粥和小菜，但是也免不了要喝酒，這是咱們中國人的待客之道，誰都未能免俗。

主人敬過客人以後，Danny林舉起酒杯向大家說：

「我先向各位敬這杯酒，謝謝你們的款待，一喝完酒，我就要發言了。」說著，就仰脖把杯中酒一飲而盡。

「首先，我要向各位報告，自我就不再使用個洋名，我取了一個中文名字叫正華，就是堂堂正正的華人的意思。以後，請你要叫我正華。」

Danny林說到這裡，在座的人都鼓掌叫好。王彥文更是激動地站了起來，舉杯向大家說：

「好極了！讓我們向堂堂正正的林正華先生乾杯！」

大家坐下來以後，林正華又說：

「諸位，我的話還沒有說完哩！我不但不再使用洋名；而且，要用行動來支持我們的政府。你們知道我這次為甚麼要回來嗎？我不但要捐出一百萬新臺幣作為愛國捐款，而且還準備投資在這裡建廠。我在諸位面前說這些話，絕對沒有炫耀的意思，因為艾媚和玉蟬以及慕德都是老同學；所以，我想我說出來也沒有關係吧！」

「當然沒有關係！我們熱誠地歡迎你這位愛國僑領回國投資！」王彥文又領先發起向林正華敬酒。

「艾媚，你不是也有話說嗎？」林正華對他的妻子說。

「其實那算不了甚麼，何必一定要我說出來呢？」艾媚伸出她白嫩嫩的雙手，對玉蟬說：「玉蟬，你還記得我那隻四克拉的鑽戒，還有那只你很欣賞的藍寶石戒指嗎？我都捐出去了。」

「啊！那可惜了！你為甚麼要那樣做？」玉蟬大驚小叫的說。

「我們還在紐約的時候，那天我上街去，遇到一隊中國留學生在為充實祖國軍備而募捐，很多外國人都紛紛解囊。我那天身上帶的錢不多，一急之下，就把兩只戒指脫下丟進他們的紙箱裡。」艾媚說。

「你現在甚麼都不戴？」玉蟬望著艾媚光潔的雙手問。

「不戴了，我覺得那些都是身外物，可有可無。我們住在海外的人，都覺得國家比甚麼都重要，要是沒有國，那裡還有家呢？」

聽了艾媚的話，玉蟬低頭望著自己手上那三隻鑽石、珍珠和珊瑚的戒指，不禁羞慚的抬不起頭來。自從美匪建交的消息傳來之後，她就一心一意的想移民美國，但是她的丈夫不贊成，她又想先到艾媚家住一個時期過過出洋癮。這次艾媚夫婦回來，她想加意巴結，就是這個道理。想不到，艾媚他們不但沒有在祖國有危難時置之不顧，反而回來捐款投資，這真是她做夢也想不到的。

「艾媚，你的行動太令我感動了！」慕德一直沒有機會開口，此刻也忍不住伸手過去緊緊握著老同學的手。那隻手，過去只與珠寶、絲綢、麻將牌為伍，如今，它也懂得握著正義的旗幟了。

「諸位，我們再向正華兄和艾媚致敬好嗎？他們真是兩位忠貞愛國的僑胞啊！」座中最沉默的李漢東此刻也站起來說。

林正華喝過酒，連連呷了兩碗番薯粥，又吃了幾箸炒空心菜和豆豉小魚乾，便撫著自己那個圓圓的、突出的肚子，滿意地說：「我離開故鄉四十一年，到今天才有機會吃到這些家鄉口味，太好了！太好了！番薯粥真是世界最好吃的東西，就是魚子醬和法國的鮮蠔都比不上啊！」

「那怎麼會？恐怕是你太久沒嚐到，物以稀為貴的道理吧？」玉蟬的崇洋毛病又發作起來。

「你以為魚子醬有多好吃？我吃過一次就怕了。」艾媚說。

「玉蟬，你從來沒有離開過自己的國家，這裡又各地口味都吃得到，所以不瞭解他們的心理，所謂秋風蓴鱸之思，每一個離鄉背井的人都會懷念家鄉的食物的。」身為國文老師的慕德忍不住搬出大道理來，也顧不了玉蟬高興不高興。

散席後，在回家的路上，王彥文意氣飛揚地對慕德說：

「從前，我很瞧不起你那兩個闊同學，想不到今天的艾媚卻有如此的轉變，真是難得得很哩！」

「我想：每個人都有良知的，大概這是她良知的覺醒吧！」慕德這樣回答。

做一顆完美的螺絲釘

王太太到樓下跟賣豆腐的小販買了五塊錢豆腐，上樓以前，無意中瞥了大門上的信箱一眼，透過那面玻璃，裡面彷彿有一樣藍藍白白的東西。他們的來信不多，每天信箱裡收到的大多數是廠商的廣告傳單；不過，王太太對這些也很有興趣，反正閒著無聊，看看花花綠綠的廣告也是一種消遣嘛！她打開信箱的門，原來那藍藍白白的東西是一張航空郵簡，那是她兒子志豪從美國寄回來的。

緊緊抓住那張郵簡，像中了獎一樣，王太太上樓的步伐不覺也輕鬆起來了。不久以前，好像就是半個月以前，他才寄過信回來，怎麼這樣快又有信呢？他很忙，平常寫信沒有這麼勤的，一定是有著甚麼特別的事。噢！千萬不要是發生了甚麼不幸的事才好。她的心不禁砰砰地跳著。不會的，他能夠自己寫信，當然是好好的。可能是臨時需要甚麼東西，要我們替他買吧！

上了樓，走進屋裡，王太太就忍不住叫了起來：

「喂！老頭子，阿豪有信來了。」

王先生正坐在沙發上看報看得入迷，根本沒注意妻子說甚麼，也就沒有答腔。「死鬼，一天到晚除了報紙以外，就好像對甚麼事情都沒有興趣。你不看，我不會先看嗎？」王太太一面嘟囔著，一面把豆腐放在冰箱裡，就拿出一把剪刀，小心地把郵簡的封口處剪開，走到王先生對面的沙發上坐下，開始讀兒子的來信：

爸爸、媽媽：

我這麼快又寫信給你們，你們覺得很意外吧？告訴你們一個好消息，我馬上就要回來和你們團聚了。自從上上星期卡特發表了要和共匪建交的消息以後，愛國的留學生無不憤怒到了極點。一向以維護人權自居的卡特居然用這種卑劣的手段來出賣他的盟友，國際關係上還有甚麼道義可言呢？

在這幾天裡，我曾經在此間參加過多次的示威遊行；但是，我覺得這樣還不夠表達我的愛國熱忱。經過了幾天幾夜的考慮，我決定放棄我這份待遇相當優厚的助手工作，辭職回國服務。我先把我的意思和梅玲商量過，很難得地，她雖然生長在美國，也深明大義，具有國家民族的思想，她不但不反對我的想法，而且還願意跟我回來。我們打算回來就結婚，至於婚禮的細節，等我們回來再商量不遲，一切從簡就是。

通過了梅玲這一關以後，我就把辭職書送到系主任那裡。他雖然是美國人，也很同情我國的處境，也很爽快就答應了我的辭職。他說：「我雖然失去了一個可靠的助手，但是你們的國家可以多一個有用的人才，我怎能自私地把你留下呢？」

我現在正忙於辦理各種手續，班機還沒有訂妥。等我們確定了飛機班次和抵臺的日子以後，我會再打電報回來的。一想到就可以見到你們，我真是興奮無法形容。敬祝

身體安康新年快樂！

兒志豪敬上

十二月廿六日

看完了兒子的信，王太太的情緒由高亢而漸漸陷入低潮，內心亂得一團糟。她把郵簡用力往茶几上一摔，就悻悻然離開客廳，回到房間去生悶氣。

王先生雖然迷頭迷腦的在看報紙的要聞版、國際版和社論；但是，老伴坐在自己對面長久的沉默以及忽然的起身離去，他不是意識不到的。此刻，他擱下手中的報紙，發現了茶几上的郵簡，知道兒子又來了信，心想：老伴一定是要拿信給他看而他沒有理她，所以她生氣了。且不管她生不生氣，先把信看完再說。

「淑雯，阿豪要回來了！」一看完信，王先生就從沙發上跳了起來，一面扯開喉嚨叫嚷，一面就衝進臥房。

沒有人答腔，一看，他的老伴竟是坐在床側垂淚哩！

「喂！你看過信沒有？阿豪要回來結婚了！」他把郵簡遞到妻子的面前。

「誰要他回來的？」王太太一手把信撥開，像瘋了似的對著丈夫大吼起來。

王先生被她的舉動嚇了一跳，倒退了兩步說：「咦！你好像不想兒子回來的樣子，到底是怎麼一回事嘛？」

「我不是不想他回來，但是他不能夠現在回來，起碼要等我先去一趟。現在，一切都完了，我再也沒有機會出去了。」吼過以後，王太太的情緒似乎平復了一點，她一面流淚，一面喃喃地說。

「我看你是想出洋想瘋了。現在是甚麼時期？兒子要回來共赴國難，而你還為了虛榮想到美國去。我固然以兒子為榮，但卻以有你這種妻子為恥。你有沒有看過報紙？永和有一對夫婦原來決定在今年元旦到美國探親的，但是他們因為不齒卡特的所為，就改變主意不去，他們並且把已經辦妥的護照送還給外交部。看看吧！別人如此愛國，你為甚麼就不能學學別人？」王先生一聽，忍不住指著妻子破口大罵。

「他說回來服務，我們人才這麼多，多他一個不多，少他一個不少嘛！」王太太一想到兒子的前幾封信口口聲聲說明年暑假一定接媽媽去玩，因為他到時就做滿一年助教，可以積到一筆旅費寄給媽媽那些話，就心如刀割。她所有的親戚朋友，凡是有兒女在美國留學的，一個個都去過探親，唯有她從未出過國門一步。為了這件事，她一直耿耿於懷，好不容易等到兒子得到了學位，找到了工作，而又表示要接她去玩，這使她開心得逢人便告訴，而且已經開始做準備工作。如今，晴天霹靂，兒子忽然說要回來了，她的美夢完全幻滅，又叫她怎能不傷心呢？

「你太不懂大義，太自私了？兒子這樣愛國，而且馬上以行動來表示，我們應該高興都來不及才對！而你，居然因為自己不能去美國而反對他回來，你到底有沒有良知的？對不起！你哭你的吧！我可要寫信給阿豪，表示對他的行動予以支援和讚許了。」

王先生氣虎虎地指著太太罵了一頓，就到自己的書桌前坐下，攤開信紙，便沙沙沙地振筆這樣寫：

志豪愛兒：

接獲來信，悉兒因不齒美國總統與匪勾搭，已毅然辭職，將與梅玲回國服務。余與汝母聞之極慰。有子如此，可謂光耀門楣矣！此間自知悉美匪勾搭消息後，舉國同憤，已掀起一片愛國熱潮，民眾無不紛紛捐輸，以充實國防，誓與共匪周旋到底。兒回國後，必能將個人所學，貢獻予國家社會，如此乃無負國家對爾之栽培也。梅玲學護士，尤為當今之熱門人才，彼願遠離雙親，隨爾返臺，真乃不可多得之愛國女兒，此不獨吾家之福，亦國家之福也。至汝等婚禮，余以為際此非常時期，力求簡單則可。不知兒以為然否？相見不遠，余容面敘。

父字

寫好了信，又小心翼翼地用印刷體的英文寫好信封，王先生把信封好，然後又拿出一本照片簿，從頭細看。

照片簿的第一頁是幾幅黑白的嬰兒照片，那嬰兒有著一雙大大的眼睛和圓圓的小臉，咧開沒有牙齒的小嘴笑著，非常可愛。那是志豪剛到臺灣時照的。他剛生下來幾個月大陸就遭到赤禍，王先生夫婦帶著他千辛萬苦逃到臺灣來。他雖然對家鄉完全沒有印象，但是他常常驕傲地對那些比他小幾個月的同學說：「我是在家鄉出生的，比起你們這些無根的人，我是幸運得多了。」王先生夫婦一共就只有這個寶貝兒子，還好他們並沒有把他寵壞，而志豪這個孩子不但長得可愛，人也聰明活潑，王先生一頁頁地翻動著照片簿，照片中的志豪從蹣跚學步，而穿著小圍裙上幼稚園而揹著書包上小學，而剃光了頭髮上初中。上了高中的志豪已長得氣宇軒昂；到了大學時代，更是個身高一八〇公分的美少年。他的功課好，操行佳、領導能力也強，從大二起便一直擔任代聯會的主席。

翻過一頁穿著阿兵哥制服的照片，便是一頁又一頁彩色繽紛、異國情調的照片，志豪服完兵役，便順利地申請到獎學金到美國去深造。最新的兩頁，嬌小美麗的梅玲也隨時出現在歡中，梅玲是個土生華僑，是志豪學校裡校醫室的護士，有一次志豪因為感冒咳嗽去就醫而認識了她，不久，兩人就熱戀起來。對這位未來媳婦，王先生夫婦都感到很滿意，王太太更希望自己能到美國去替他們主持婚禮哩！

把一本厚厚的照相本闔上，王先生得意地搖頭晃腦的自言自語：「從前我說過此子非池中物，如今，他雖然沒有飛黃騰達，可是，他能夠以實際行動來報國，這真是比他當了大官更使我安慰。」

自從收到兒子的信以後，王太太一連生了兩三天的悶氣，甚至遷怒到丈夫身上。王先生也不理她，他知道她把兒子視同命根，只要他回來了，見到了面，就甚麼氣也會消掉的。

到了第四天，王太太因為冰箱裡的存糧沒有了，就提著菜籃到市場去買菜，在巷子裡，碰到了鄰居張太太，兩人一向很談得來，就站住了腳步，閒聊起來。

「王太太，好久沒碰到你了，你臉色好像不怎麼好，沒甚麼吧？」張太太親熱地拉著王太太的手，關懷地問。

「沒甚麼，大概昨晚沒睡好的關係。」王太太卻是冷冷地回答。

「甚麼時候到美國去呀？」

「還早嘛！要到暑假才決定。」王太太仍然抱著萬一的希望，希望那封信只是兒子一時的衝動所寫的。

「我說呀！王太太，像美國這國家，不去也罷！老實說，我以前也很想去玩玩，因為我有個妹妹住在舊金山。可是我現在不想去了，除非他們和我們恢復邦交。」

「可是，張太太，你和我不過都只是一個普普通通的家庭主婦，對國家又沒有甚麼幫助，去不去有甚麼關係？」

「話不是這樣說。一個國家好比一部大機器，我們每個人都是機器的一部分，就算我們是一顆小小的螺絲釘吧，一部機器少了一顆螺絲釘也不行呀！」張太太到底是個當過老師的人，她的話具有相當的說服力，王太太聽了便默不作聲。

看見王太太不說話，張太太又繼續說：

「王太太，你有沒有看到這樣的一條新聞？有一個研究生，原來已經拿到美國的綠卡，自從卡特宣佈要和共匪建交以後，就慫恿太太跟他一起到美國定居，但是他太太不願意在國難當頭的時候離開自己的國家，堅決不肯答應，寧願跟他離婚，這個傢伙就把太太痛打一頓，太太還是不答應，結果這個傢伙也被太太的愛國情操感動了，就打銷了原來的計畫。我覺得這段小新聞相當動人，你呢？」

怎麼又有這種笨人呢？王太太這樣想。永和那對夫婦為了這件事而拒絕赴美，現在又有這個傻瓜少婦。假使換了我，我才不會那麼笨。她心裡這樣想，嘴上卻不便這樣說出來，只好點點頭淡淡地說：

「是嘛！」

兩個人正說著話，只見一個形容憔悴、衣衫破舊的年老婦人一拐一拐地從巷口走進來，手中挽著兩把青菜。

「孫太太，您早哇！」張太太看見她走近，連忙必恭必敬地向她打招呼。

「張太太早！」那位孫太太也滿臉堆笑的還禮，同時也向王太太點點頭。

等到那個年老婦人走遠以後，王太太悄聲問張太太：

「她是誰？」

「她也住在這條巷子裡，是個寡婦，沒有兒女，只有一個人獨居。這次的愛國捐款，她一個人就捐出全部積蓄十六萬多。有人勸她要留一部分來傍身，你猜她怎麼說？『留得青山在，哪怕沒柴燒？我還有氣力，難道不能養活自己？我雖然不會開槍打共匪，起碼要為國家出點力吧？』她沒有唸過書，居然能夠說出這番大義凜然的話，我覺得她真是了不起！」

「那麼，她是靠甚麼生活的呢？」

「做零工呀！從這家成衣廠接一批毛線衣來釘鈕扣，從那家電子廠接一些零件來繞線圈，工資雖然很低微，一個人生活大概不成問題的。」

又是一個笨人！何必捐那麼多呢？捐少一點也沒有人怪你的。王太太跟張太太分手後，一路上就是想不通這個問題。她忘記了當年七七事變，她還是一個初中的學生，也曾跟著同學一起到街上向路人募捐購機救國的款項，多少人一面流著淚一面把身上所有的錢掏出來，還把口袋中的自來水筆、手上的戒指和手錶都握出去的事。

接到兒子的信已經四五天了，卻還沒有收到他通知抵臺日期的電報，王先生有點沉不住氣，王太太卻日夜提心吊膽，怕那份電報會隨時出現。只要電報不出現，她也就還有希望。

這幾天，已經退休的王先生在替兒子的歸來作種種準備。兒子要跟梅玲一起回來，但是他們還沒有結婚、得有兩間房間才行。他打算把兒子原來的房間改裝為新房先給梅玲睡；然後，把兒子原來的單人床搬到那間作為儲藏室的小房間去，讓他暫時委屈一下。新房的雙人床、櫥櫃、梳妝桌等等都去訂購了，只等儲藏室整理好，把單人床搬進去，就可以著手布置新房。關於他們的婚禮，王先生有個構想：讓他們到法院公證，然後一家四口在家裡吃一餐比較豐盛的晚餐。第二天，一對新人出發去渡蜜月三五天，同時他也在報上登一則結婚啟事，再把節省下來的錢捐出去。就是這樣，簡單而有意義，又不必打擾親友，豈不很合乎理想？志豪大概也會同意的，他一向都很聽話。

那間儲藏室裡雜物很多，東西很凌亂，有些還高高地堆在櫃子頂面，王先生不得不把兩隻椅子架高起來，站在上面整理，當他這樣爬上爬下幾次以後，忽然一不小心，就從兩隻椅子的高處摔了下來。沉重的墜物聲和王先生的呻吟聲，使得原來坐在臥房裡的王太太嚇得跳了起來。她衝進儲藏室，看見老伴四仰八叉地躺在地板上，兩隻椅子在旁邊東歪西倒，不禁嚇呆了。

「你怎麼啦?老頭子。」她連忙就去扶他。

「不要移動我,恐怕甚麼地方骨頭折斷了。」王先生雖然皺著眉在隱隱呼痛,可是神志非常清楚。

「那怎麼辦?我去找醫生來好不好?」王太太這時已慌了手腳,眼淚也流了下來。

「去打一一九電話,他們會派救護車來的。」王先生卻躺在那裡指揮若定。

王太太立刻去撥一一九電話,用顫抖的聲音說家裡有老人摔傷了,請他們幫忙。對方答應了十分鐘後派車來送傷者去醫院。王太太這才略略放了心。

在等候救護車的時候,她坐在丈夫身旁,握著他的手,不斷地問他那裡痛,她跟他已有幾天不說話了,此刻,卻比任何時候都親熱。在她的內心裡,也有著絲絲的自疚;她丈夫是為了替兒子整理房間而跌傷的。假使她不是袖手旁觀而去幫忙,是不是可以免去這場意外呢?

救護車一路響著警笛嗚嗚而來,引得許多鄰居都出門觀看。兩個穿著護士制服的年輕人抬著一個擔架上來,小心地把王先生放進擔架上,抬到救護車裡,王太太也跟著坐進去,在鄰居們的問長問短中,救護車離開了他們那條巷子,飛也似地把他們送到醫院。

在王先生接受檢查和照X光的當兒,王太太一個人坐在醫院走廊的長椅上默默流著淚。要是老頭子有個三長兩短,譬如說跌壞了脊椎骨而變成半身不遂,或者跌斷了腿骨而變成跛子,那我該怎麼辦?我怎對得起他和兒子呢?我還不願意兒子回來,要是老頭子真的殘廢了,剩下我一個人侍候他，那才受罪啊！受罪？我的天！老天爺會不會因為我不愛國而這樣處罰我呢？可是這樣太不公平了，該受傷的應該是我而不是他啊！

就在她極度痛悔而又苦惱的時候，X光室的門打開了，護士又把王先生推回外科的診療室去，手中還拿著三張X光的底片。

王太太跟進診療室，等主治大夫看完X光底片以後，就急急的問：

「大夫，我先生要緊不要緊？」

「算你們命大，因為你先生身上衣服穿得厚，沒有甚麼大傷，只有小腿有少少骨折。先住一個禮拜醫院再說吧！」主治大夫這樣回答。

「真是謝天謝地！阿彌陀佛！」並無任何宗教信仰的王太太，此刻竟也雙手合十的唸起佛號。

把王先生送進病房，安頓好以後，王太太便趕回家裡，要把王先生的盥洗用具等等帶來。臨離開醫院的時候王先生特別吩咐她：

「千萬不要打電話或者寫信給志豪提到這件意外，免得他擔心。這點小傷算不了甚麼，何況他也馬上要回來了。」

其實，王太太正想回家就打越洋電話，發生了這種事，她一個人太孤單了，她實在急著兒子回來好陪她。現在，王先生這樣一說，她也有所顧忌，內心十分矛盾，真不知如何是好。

巧得很，她回到家裡不久，電信局就送來一份英文電報。她看不懂英文，只得匆匆忙忙收拾了一些應用衣物趕回醫院，叫王先生解說給她聽。

「阿豪明天中午就搭華航的班機回來了，可惜我不能去接機，你就做我的代表吧！」王先生笑呵呵地說。

真是謝天謝地！王太太又在心裡暗暗感謝上蒼。只要兒子平安回來，丈夫的腿傷也無大礙，她就心滿意足。她不要到美國去了，而且，她還要把準備買新沙發的那筆錢捐出去，她記得張太太說過的那些話，她要做一顆完美的螺絲釘。

出岫雲

在無夢的酣睡中，她被一連串清越的鐘聲驚醒。她發現自己單獨躺在一張陌生的床上，在一間陌生的房間裡，而天還沒有亮，一時間，竟不知道自己置身何處。一兩秒鐘之後，等到她的神智完全清醒過來，這才意識到自己是躺在阿里山賓館裡，在海拔兩千多公尺的高山上。

鐘聲穿過雲霧，穿過林木，蕩漾在山上暮春的清晨裡，使人興起了肅然之感。這一定是慈雲寺的鐘聲，在這裡修行，也真是一種福氣啊！她躺在潔淨而舒適的床上，聽了一會兒鐘聲，扭開床頭燈看了看腕上的錶，才五點鐘，現在起床未免太早了吧！可是，不起來又做甚麼好呢？昨晚睡得真好，大概是坐車坐得太累之故。從臺北到這裡，得坐四小時的火車加上四小時的登山小火車，整整的八個鐘頭，真夠受的，所以一倒在床上就像一截木頭似的熟睡起來。我還直擔心自己會睡不著哩！真想不到！

起來吧！到外面走走豈不勝過躺在房間裡？她一躍而起，披上睡袍，走到窗前把窗簾拉開，不禁為眼前的景色之美而張口結舌起來。天色已濛濛亮了，對面塔山的峯頂展開了一片雲海。底下的雲是灰色的，越上層的越透明而帶點金黃；那些雲，一團團一卷卷地在蠕動著，像是千萬隻綿羊擠在一起；又像千堆瑞雪或者是畫中靜態的波濤。啊！「盪胸生層雲，決眥入飛鳥」，我今天算是體驗到這種境界了。

她沒有參加到祝山看日出的節目，在學生時代，她已到過阿里山一次，已經恭逢過日出的勝景。這一次，她獨自再來，是要為自己放兩三天假，也許就是要像那些出岫的雲那樣作一次逍遙遊吧？跟幾百個陌生人擠在那座不太大的觀日樓上等候看日出，她不想再試。

現在，雲海變得越來越透明瞭，金黃色的部分也越來越多，她倚在窗前，癡癡地眺望了一會兒，決定趁早出去逛，她梳洗好就下樓去，在高山上，還是有點春寒料峭，才走出房門，就打了一個噴嚏，於是又進去加了一件風衣。

她走到地下室的餐廳去吃早餐，偌大一個餐廳，只有兩三個客人坐著。她記得：昨天晚上在這裡吃晚飯時，是坐得滿滿的，現在，那些客人大概都去看日出了吧？

她要了一份牛奶和三文治，一面喝著，不由得就惦掛起家中的丈夫宋希樂來。這個人有賴床的壞習慣，我不在，他會不會因為起不來而來不及吃早點呢？這個人的身體已經夠瘦弱，又喜歡熬夜看書，再不吃早點怎麼行呢？唉！我怎麼搞的？既然要出來散心，就應該把一切煩惱丟下，現在還想這些幹嘛？

一個吃過早點的客人從她桌子旁邊走過，是一位頭髮斑白的老先生；但是，他的打扮非常時髦，穿著花格厚呢的上裝，繫著色彩鮮豔的圍巾，咬著煙斗，手中還提著畫板。啊！是位畫家，山上到處都是畫材，這位老先生的收穫一定很豐吧？

羨慕地望著老畫家頎長挺拔的背影，她不由得嘆了一口氣。她從小就對繪畫發生興趣，上中學時美術老師也認為她有著繪畫的天份，鼓勵她將來進入美術系。然而，她那早歲守寡的母親卻反對，堅持要她讀外文。她不敢反抗母親，內心卻因此而鬱鬱不樂，也因此而影響到聯考的成績，以數分之差考進了中文系，變成了今日的國文教員。她的父親在她四五歲時就因病去世，她對他已沒有甚麼印象。假使他還在的話，大概跟那位老先生差不多年紀吧？

老畫家早已離去，她望著那道空蕩蕩的門，又嘆了一口氣，無端端地想：假使他是我的父親多好！

窗外的鳥聲引得她提早結束她的早餐，離開賓館。才走出大門，她就被庭園中盛放的櫻花和杜鵑的璀璨而感到驚豔：原來春色都在山上哩！對面山峯上的雲海已漸漸散去，旭日高照，清氣撲面，好一個晴朗的山上春晨！這份清幽，這份野趣，又豈是躲在紅塵十丈中的都市居民所能領略得到的？於是，她又有著不虛此行之感。

她貪婪地深深吸了一口清氣，然後沿著山徑，以最悠閒的心情與步伐，慢慢走著。反正她有一整日的時間，她也沒有目的，走到那裡都一樣。十幾年前她隨著學校來過一次，山上的名勝她大都看過；現在，看不看也無所謂。抱定了這個主意，她的心情就更加悠然；可是，她卻無法禁止自己不去想她和宋希樂之間的問題。

他是她學校中的同事，他是教英文的（所以媽媽特別喜歡他），他們認識了兩年才開始戀愛，談了兩年戀愛才結婚（也是媽媽迫著她結婚的）；那時，她已經二十六歲，他三十歲了。宋希樂是一位好老師，是一位正人君子。他也是一個生活簡單的人，除了讀書和睡懶覺，似乎就沒有其他嗜好。她認識他兩年，他在她的心目中是個好好先生；她跟他談了兩年戀愛，他在她的心目中仍是一個好好先生，始終激不起她的熱情。結果，還是拗不過母親，勉強嫁給他的。她想：既然女孩子始終要嫁人，既然這個人沒有缺點，她又沒有其他男友可以選擇，那就嫁給他吧！奇怪的是，她跟他結婚到現在已經三年了，在她的感覺中，他們兩個人除卻多了一層共同生活的關係外，在感情上，她和他依然還是同事而不是夫妻。

在學校的教務室中，他們各自忙各人的公事，幾乎從不交談。回到家裡，她忙家務，他埋頭在晚報或者他心愛的書本中，兩個人也很少說話。要是他偶然興致來時，談的也無非是學校中所發生的一些瑣事，這些事，在學校中已跟同事們談膩了，她往往懶得作答。到了星期日，她有時也會提議出去郊遊；而他總是說：我很累，想多睡一會兒，你回去找你媽媽陪你去逛街吧！於是，一睡就睡到中午。

她沿著山徑緩緩走著。有時，她會在一棵滿樹繁花的櫻樹下停下來，彎下腰去撿起一朵落花，放在掌心把玩；有時，她會抬起頭，向樹上的一雙小鳥嘖嘖有聲的打招呼；有時，她會停在路旁向遠處更高的山峯眺望，渴望自己能夠長出翅膀，隨時可以飛到雲深處。她極力要使自己輕鬆愉快；然而，她有一些拂之不去的隱憂，卻使得她的心頭不時出現陰影。

這樣的婚姻似乎不大對勁吧！結婚了才三年的一對伴侶怎會冷淡得像老夫老妻一樣呢？他不可能有外遇或者感情走私，因為除了上課的時間以外，他都跟她在一起。那麼，難道是我對他缺乏吸引力？我長得並不醜，而且也已盡了妻子的本份呀！他到底為甚麼對我似乎一點興趣也沒有呢？

前幾天，她試著告訴他要跟兩個老同學出去旅行一次，想看看他有甚麼反應。那時他正在看書，聽了她的話就心不在焉的回答說：「好呀！你出去玩吧！」居然連頭也不抬起來。

她氣起來，就把他的書一把搶走。「你連我跟誰去，去那裡都不問，你這麼希望我離開你呀？」她指著他的鼻子問。

「你不是說跟同學去嗎？你不過去幾天，一定是在本省，我又何必多問呢？好太太，把書還給我，我正看到最好看的地方哩！」宋希樂慢條斯理地說著，一面用手把眼鏡往上托。

「你和你的書結婚去吧！你這個死書呆子！」她恨恨地把書丟到他的身上。「我可要離家出走了。」她喃喃地說，而他並沒有聽見，因為他正急急地在找他剛才看到的那一頁。

她其實無意把他一個人丟在家裡，本來只是想試探試探他而已。原來他竟是這樣無情，她可真的要獨自去玩了。也好，分開個兩三天，冷靜地思考思考，說不定可以替他們這樁毫無生氣的婚姻找到一帖起死回生的藥方。她剛好有三天假期，不過一時也想不出要到那裡去。偶然聽見同事說阿里山的櫻花現在正開得燦爛，於是，她就一個人跑到山上來。

山徑轉入林木深處，一棵棵已經枯萎，而樹幹仍然挺拔，樹根虬蟠屈結，表現出力之美的千年古木矗立著，想到它們已經歷盡世上的風霜，而人生卻不滿百，就不禁因為人類的渺小而感到汗顏。

穿出林木，她來到一個小小的池畔，池畔一個牌子寫著「妹潭」兩個字，這裡是她舊遊之地，她知道，再過去一點，就是比較大的「姊潭」。她喜歡這個「妹潭」，因為它天然樸素，看不出人工斧鑿的痕跡，「姊潭」就俗氣得多了。

遠處有一個人正對著這裏寫生，那個人脖子上鮮豔的彩色使她憶起了早上在餐廳碰到的老畫家。我要看看他畫得怎麼樣，到底是不是一個真正的畫家，或者只是一個畫匠？

她慢慢地向他走過去，畫家低著頭在作畫，根本沒有注意到她。她走到他身後，注視著他的畫板，一幅水彩畫已接近完成的階段。他畫的就是「妹潭」，而他所畫的焦點是在那些古木上。他的畫是寫意的，接近國畫中的水墨畫，很寫實，很灑脫，正是她所心儀的那一種。等到老畫家潤飾完最後一筆，她忍不住站在他身後鼓起掌來。

「老先生，畫得太好了。」她先開口說。

「馬馬虎虎罷了！」老畫家轉過頭向她笑一笑，他的國語，帶著濃重的廣東腔。

「老先生是廣東人？」她問。

「是呀！我是從香港來的。我常常來，這一次是第五次了。」

「每一次都來寫生？大畫家的大名可以讓我知道嗎？」他沒有在畫上簽名，她只好冒昧地問。

「我叫葉一舟，就是一葉扁舟那三個字。」老先生站起來說。

「葉老先生，您好！我叫凌玉清。」她從來沒有聽過葉一舟這個名字；不過，她喜歡他的畫，就自我介紹起來。

「凌小姐，您好！你的名字好極了，就像你的人一樣，玉潔冰清。」葉一舟似乎是個相當風趣的人，才一見面，便開始妙語如珠。

「葉老先生，謝謝您的誇獎。您是不是住在賓館裡？」雖然她在這裡只有一天一夜的停留，她已決心要跟他交朋友。

「你怎麼知道？」

「早上在餐廳看見您，您是跟旅行團來的嗎？」

「不，我是一個人來的，我已是識途老馬了，小姐，你呢？你的朋友在那裡？」他笑吟吟地在打量她。

「我也是一個人來的。」

「是不是跟男朋友吵架了？」

「你怎麼知道？」她惕然而驚。

「我今年六十五歲了，吃過的鹽比你吃過的米還多，我怎會看不出來？」葉一舟等到畫紙乾了，就把畫具收拾起來。「小姐，快到中午了，既然我們萍水相逢，就讓我這個老伯作東，我們回賓館吃飯好嗎？」

她爽快地答應了他，因為她準備晚上回請。

愉快地沿著山徑回到賓館去，在餐廳裏坐下，點了幾味山上的名菜，葉一舟還要了啤酒，兩人就像老朋友那樣對酌談心。

「小姐，告訴我，為甚麼要跟男朋友吵架？」才喝了一杯酒，葉一舟便不放鬆而又關心的問。

「我說過我跟男朋友吵架？」看見他那麼認真，她不禁笑了起來。

「你沒有這樣說，可是你也沒有否認。」

「其實，我們並沒有吵架。我只是覺得我的先生對我太冷淡，所以我才獨自出門，想氣氣他而已。」

「啊！原來你已經結過婚了，我還以為你是個小女孩哩！」

「我已經二十九歲了，老伯。」

「二十九，只比我的外孫女大幾歲，在我的眼中，也還是小女孩呀！小女孩，你實在不應該把先生丟在家裡單獨旅行的，他一定很不放心你。」

「他才不會，他根本不在乎。」她嘴上說著，心中卻有點愧赧：他還以為我是跟同學一起來的哩！

「你們結婚幾年了？」老畫家問。

「快三年了。」

「才三年？小夫妻怎可以鬧彆扭？告訴你，我跟我太太結婚四十五年了，我們依然恩愛得很啊！」

「那一定是因為你會體貼太太。」

「我太太也體貼我呀！」

「你的太太也是一位畫家？」她愚蠢地問。

「不是，不過她很欣賞我的畫。」

「那麼，她一定是位藝術愛好者了。」

葉一舟沒有回答，只是從口袋裡抽出皮夾子，再從皮夾子中抽出一張照片遞給她，說：

「你看，這就是我的太太，你看，她像一個藝術愛好者麼？」

照片中一個梳著髮髻的老太太，胖胖的、土土的，一看就是六七十歲的舊式婦人，怎會是這位非常洋派的藝術家的妻子？在她的想像中：葉一舟的妻子應該是一個時髦而有風韻的中年婦女才對。

「不錯，她比我大兩歲，而且，她只有小學畢業的程度。」他似乎看出了她眼中的疑問，竟主動地告訴她。

她眼睛睜得大大的，把照片還給他。「可是，可是你們非常相愛？」

「嗯！我是留法學美術的，而她只是一個鄉下女孩，但是我們的婚姻非常成功。她為我生育了六個兒女，我們現在一共有九個孫子了，四十五年來，我們從來不曾吵過半句。」葉一舟把身體往後靠在椅背上，開始抽他的煙斗，臉上露出得意的神色。

「你二十歲就結婚？」她問。她記得他說過他已經六十五歲。

「對，因為我要離開家鄉到廣州上大學，所以我的父母就作主給我們先完婚。她是我的遠房表姐，我們是一對青梅竹馬的伴侶。我唸完大學，抗戰已經發生，我又遠赴巴黎深造，兩年後才回來。那時，我真捨不得離開她，每天都要寫一封信給她；不過，為了省郵費，我把字寫得很小很小，一個星期才寄出一次。」老畫家靠在椅背上，悠然地抽著煙斗，雙眼望著窗外的遠山，似乎沉湎在往事中。

「你的太太在年輕時一定很美麗？」她問。在她的觀念中，以為男女互相吸引，主要是在外貌。

「她？不，她在年輕時也說不上美麗。但是她溫婉，嫻淑；她很孝順我的父母，也很刻苦耐勞。抗戰期間的生活很苦，我出國的那段日子，一個家全靠她維持。我愛她，最主要的是她對我太好了，我不但是她的丈夫，也是她的弟弟和兒子，我享盡了她的母愛、長姊之愛和男女之愛。小女孩，不要笑我，我現在雖然已一大把年紀了，我每次出門寫生，還是天天寫信給她的。」葉一舟把煙斗從口中抽了出來，向她咧嘴一笑。

「葉老伯，你們的故事太動人了，使我感到慚愧。」她真心地說著，不禁想起了宋希樂的種種好處：他每天替她洗碗；他負擔起家中所有粗重的工作；他對她奉命唯謹；他每個月都把薪水袋原封不動地交給她；他……

「我不是向你說教，我只是覺得，你們既然沒有吵架，你幹嘛要一個人跑出來旅行呢？趕快回去吧！嗯？」老畫家慈祥地望看她說。

「我明天一早就會回去的。」在山上住兩夜一天是她原定的計畫。

「下午有一班車回嘉義，聽老伯的話，你下午就回去吧！你提早回去，你的他會很驚喜的。」他像個父親似的對她說。

「可是，我晚上要回請葉老伯。」想到家中的宋希樂一個人一定很孤寂很無聊，她也萌生了及早歸去的念頭。

「傻孩子，你幹嘛要請我？真的，聽老伯的話，下午就回去，我在這裡為你們祝福。」他誠懇的語調，使她無法拒絕。事實上，她再不回去，下午也只是在山上閒蕩，而心中也不會得到安寧。

下午，她搭乘紅色的登山小火車回嘉義，再轉乘夜車回臺北。葉一舟咬著煙斗到那開滿了春花的車站去送她，兩人緊緊握手道別，卻沒有交換地址。他們原像水面的兩片浮萍那樣偶然相遇，那麼，就像浮萍那樣分開好了。他們兩個都這樣想。

小火車在茂密的、蒼翠的森林邊緣向前奔馳著。車窗外，賓館對面那座塔山一直跟隨著小火車走。暮春午後的陽光漸漸黯淡，山峯上飄浮著的幾朵雲也呈現出灰撲撲的顏色。靠窗坐著的凌玉清，雙眼凝視著那幾朵出岫的雲，心裡卻在計算著抵達家門的時刻。

藝術愛好者

他背抄著手在欣賞畫廊上一幅幅當代畫家的油畫，耳畔卻彷彿還縈迴著剛才音樂會中聽到的布拉姆斯第二號鋼琴協奏曲的旋律：朦朧的法國號、略帶哀傷的小提琴、像珠落玉盤的鋼琴。美妙的樂音怡悅了他的聽覺，面前各種風格的名家作品怡悅了他的視覺，使他得到了高度美的享受。這就是到國父紀念館聽音樂會的好處，在休息的時候，還可以順便參觀一下他們畫廊的展出。

他剛才是沿著右邊的牆壁一幅幅往下看的，現在，該看左邊牆壁上的了。他才一轉身，一顆心就砰砰地跳了起來。在一幅線條簡單、色彩黯淡的抽象畫下，站著一個年輕女性，正仰著頭，全神專注的在欣賞。她留著微微捲曲的短髮，穿著一件剪裁合身旗袍的背影十分苗條。是她，沒有錯。剛才在音樂會中座在前兩排，我只看到側影的那個人果然是她，好巧！我要不要上前打個招呼？假使她不記得我，那我是不是會太冒昧？

正在猶豫著，那位女士忽然一轉身，跟他打了一個照面。除了兩個穿著制服的高中學生以外，畫廊中再也沒有其他的人。她看到他，先是露出微微驚訝的表情，彷彿是說：想不到還有同好？然後是微微淺笑、她笑時眼睛並沒有望著他，並不是跟他笑，那只是表示欣慰的笑；顯然地，她真的不認得他。

「郭小姐，您也來聽音樂會？」這時，他卻毫不遲疑地，鼓勇走上前去開了口。她的一雙大眼睛睜得圓圓的，滿臉疑惑。

「我姓張，我們曾經在元圓畫展中見過面。」他說。我們何止在元圓的畫展中見過，我還在冉常青的畫展中偷窺過你的倩影啊！但是，我怎能說出來呢？他無緣無故地脹紅了臉。

「啊！是張先生。」她又是微微一笑，同時大大方方地伸出手來和他相握。不過，這也並不證明她認得他。

他輕輕地握住她白嫩的小手，不禁想起了他第一次見到她的情景。

冉常青是旅居海外多年的水彩畫家，那次，是他第一次回國舉行個展。替他籌備個展的幾個人中有一個是張永的朋友，他知道張永喜歡畫，就寄了一份請帖給他。

可能是冉常青在此間的社會關係好，畫展開幕的那天，冠蓋雲集，捧場的花籃不但擺滿了畫廊的大門口，還一直延伸到人行道上。開幕時有個小小的儀式，請了一位名滿國內外的畫家致詞。張永站在人叢中一面聽一面打量場內的來賓，他覺得這裡面人雖多卻多數是熟面孔。他經常參觀畫展也經常聽音樂會，老是感覺到碰來碰去就是那幾個人，到底是臺北太小，還是喜愛藝術的人太少呢？

就在那個時候，他忽然眼前一亮，他在一大堆熟面孔中發現一張完全陌生的面孔。那是一位丰姿綽約的少婦，大約卅歲左右，有著相當完美的五官，穿著一件高雅的無袖旗袍，顯得既高貴而又時髦。看她的外表，不像藝術界人士，倒像是社交場合中的名媛貴婦。她是誰呢？

張永不是沒有看見過漂亮的女人，相反地卻是閱人多矣。然而，那個陌生少婦的倩影不知怎的卻是在第一眼就引起了他的注意。也許是他符合了他對女性要求的首要條件——氣質要高雅吧？更何況，她有著美好的五官和苗條的身段，「窈窕淑女，君子好逑」，張永是個正常的男人，也是個唯美主義者，很自然地，他就被她的外表吸住。

他躲在人叢中偷偷注視她的一舉一動。她沒有跟任何人交談，看來也是一個人來的。她年紀雖輕，卻有看一種端莊而穩重的風度，臉上始終帶著禮貌的微笑，一副大家閨秀的風範。她一定是個飽讀詩書有著高度修養的人；要不然，不可能有著這種皇后般的氣質的。儀式結束，來賓開始欣賞展出的作品，他仍然躲在人堆裡，忘記了看畫，只是盡情地欣賞她的側影和背影。他碰到寄帖子給他的那位朋友，兩人寒暄了幾句，他正想向朋友打聽那位仙子是誰，才一眨眼佳人便已消失了蹤影。

連他自己也覺得好笑，她的麗影從此竟盤旋在他胸臆中很久很久。怎麼啦？快五十歲的人了，還像十八歲的少年對一個陌生少女一見鍾情，害起單相思來啦？當然，他有辦法忘記她，他有工作，也有朋友，他開始使自己忙碌不堪，沒有時間去想她。果然這個方子很有效，在一兩個星期之內，他的確已忘記了有這麼一個人。

在方圓的畫展中再碰到她時，是一個多月以後的事。方圓是頗負盛名的水墨畫家，這次是他歐遊歸來，改變作風的公開展出。由於方圓是他多年老友，他到得很早，向老友道賀以後，就獨自去欣賞方圓那些返璞歸真，帶點拙樸風格的歐洲景色水墨畫。就在他偶然回頭望向門口時，忽然發現正在彎腰簽名，仍然是一襲剪裁得體的碎花旗袍，腳下一雙細跟涼鞋，顯得她更加修長美好。

他呆住了，張著口，喘著氣，失態地望著她。她簽了名之後，站直身子，張望了一下，發現站在會場中間的方圓，就娉娉婷婷地向他走去。趁著她在跟方圓說話，他乘機走過去，站在旁邊，聽他們交談。他聽見方圓說：

「郭小姐，承蒙您賞光，我太感激了，您一定要多多指教啊！」

「豈敢！豈敢！方先生的大名我早已聽過，今天我是特地來見識的。」她的聲音清脆而圓潤，說的又是一口京片子，真是聲如其人。

「方兄，古人說讀萬卷書行萬裡路，你這次出去一趟，可真是收穫不少啊！」等她的話一說完，他立刻從旁插嘴。

方圓因為他的去而復來感到有點詫異，不過今天包圍他的人太多，也就懶得去研究。

「呵，呵！收穫談不上，增廣不少見聞倒是真的。」方圓笑著回答。看見她被冷落在一旁，趕緊又說：「郭小姐，這位是張永先生，我的老朋友，也是一位藝術愛好者。」然後又對他說：「張兄，這位是郭宛逸小姐，藝術評論家，剛從美國回來。」

兩人一起握手，說著「幸會」和「久仰」。然後，郭宛逸離開他們去看畫；接著，張永也離開了方圓。

原來是她！他假裝在看畫，一面偷偷在欣賞她。他早已聽過她的芳名，幾個月以前，報載一位名將的孫女，某官員的千金郭宛逸，曾在歐美各國研究藝術，現已學成，將於今日自美抵臺，為國家服務。不久之後，他又在報紙的副刊讀到她一篇論我國民族舞蹈的文章，立論很中肯，但是文筆不夠流暢，而且不夠深入，有隔靴搔癢之感。他想：這大概是由於她久居國外之故，以後她的名字便常常在報上的藝文短訊中出現，像參觀畫展、音樂會；接待各國訪華的藝術界人士；擔任各種藝術比賽的評審委員等，知名度也越來越高。原來是她，倒也不失為一位才貌雙全的女子，而又生長在富貴之家，上天對她真是太優厚了。

見過她兩次面，又知道了她是誰之後，他便不再想她了。他有自知之明，一個將近知命之年的老光棍、一個家無恆產的窮教員，憑甚麼去跟一位名門淑女打交道？就憑著「藝術愛好者」的頭銜？愛好者？其實是連藝術的邊兒都沾不上啊！

剛才在音樂會中，他無意中發現她就坐在前兩排，她那美麗的側影，又使得他的心情激動得無法平復。啊！佳人難再得，我為甚麼不能接近她呢？到了休息的時候，他渴望地站起來離開座位，那麼他就乘機走過去打招呼。但是，她沒有動，只是端坐著。他看見沒有機會了，只好到畫廊看畫。想不到……

「郭小姐常常聽音樂會？」他意識到自己握手的時間太長了一點，不覺又是脹紅了臉，趕緊放了手，搭訕著問。

「嗯！張先生也是？」她微笑著反問。

「是的，喜歡附庸風雅嘛！」他嘿嘿地笑著，自以為很幽默。

「也喜歡參觀畫展？」她還是淡淡的微笑著。

「親近藝術，可說是我生平唯一的嗜好。」他抓住機會表現自己。

「很好。張先生喜歡那一類藝術呢？」這時的她，倒像個老師了。

「音樂、美術、舞蹈、電影、攝影、雕刻、建築，無一不喜。」

「太好了，張先生一定也精於好幾門藝術吧？」

「不，我只是個愛好者，完全是門外漢。」在專家面前，他不敢賣弄，只好從實招出。

「能夠懂得欣賞這麼多種藝術，就很不錯了。」

她說到這裡，鈴聲響了起來，下半場進場的時間到了。

「郭小姐坐在第幾排？」他故意的問。

「第二排。張先生呢？」

「第四排。」

「啊！很近。我們進去吧！」

兩個人一起進了場。她的座位是十一號，他是十五號。當她發現兩人的座位距離得這麼近時，就回頭向他嫣然一笑。這一笑，使得他甜在心頭，愉快得無以復加。

今夜的音樂會名叫「協奏曲之夜」，上半場是布拉姆斯的第二號鋼琴協奏曲，下半場是拉哈曼尼諾夫的第二號鋼琴協奏曲。擔任鋼琴獨奏的是一位剛從法國回來的女青年鋼琴家，以她的年齡，成績是十分難能可貴的了。這是一首充滿了哀傷和如泣如訴的旋律作品，在甜蜜的心情中，他還是聽得蕩氣迴腸。

散場的時候，他趕緊擠到她的身邊，以一種保護的姿態伴送她出場。

在走過廣場的時候，郭宛逸問他：

「今晚的音樂，張先生還喜歡嗎？」

「喜歡，這兩首協奏曲都是我最愛聽的。」

「真的？你這樣喜歡浪漫派的作品？」她很驚訝地問。

「是啊，難道郭小姐你不喜歡？」他也感到很驚訝。

「當然喜歡，不過我還喜歡別的。」

他們走出了廣場，行人道上鵠立著一大群跟他們一起散場出來的聽眾，而馬路上經過的計程車都沒有一部是空的，不知要等多久才坐得上。站在郭宛逸身旁，聞到了她所使用高級香水的淡淡幽香，他在陶醉之餘，忽然又想出了一著奇招。

「郭小姐，我們站在這裡恐怕半個鐘頭都搭不到車。這裡還有一間很高雅的咖啡室，我們不如去喝一杯咖啡，在另外一條馬路上叫車子好嗎？」他這樣說。

她低頭看了看手錶，十點半，對她而言，還早得很。

「好吧！剛才我們談得很愉快，這樣我們就可以再談下去了。」她落落大方地說。

他領著她離開那堆喧囂的人群，走到馬路轉角處，他所說的「很高雅」的咖啡室就在那裡，整間咖啡室都用黑白兩色來裝潢，果然是相當雅。

兩人找了一張小桌子，對面坐下，要了兩杯咖啡。她不加糖不加奶，怪不得身段這樣苗條。他加糖不加奶，怕吃苦。起初，兩人都默默喝著咖啡，不說話。心目中的仙子忽然間和自己面對面而坐，他不覺有著做夢的感覺。

「我們還是繼續剛才的談話吧！張先生，你為甚麼特別喜歡聽浪漫派的作品呢？」仙子嫣然微笑開了口。

「好聽嘛！」他恍恍惚惚地回答，仍然在夢裡。

「那麼，美術方面，你喜歡那一派的作品？」她又問。

「印象派。」雖然是在夢中，他還是毫不猶豫的回答。

「為甚麼呢？」她似乎有打破沙鍋問到底的習慣。

「不為甚麼，我就是覺得這一派的畫好看。」他理直氣壯地說。純粹的藝術欣賞者都是憑著直覺的，喜愛那有甚麼理由的呢？

她又繼續問他對舞蹈、電影、攝影等方面的意見，他都一一回答。不過，這樣一來，他就沒有機會向她發問了。這有甚麼關係呢？好的開始，就是成功的一半，今天晚上她跟我說這麼多的話，顯然是對我有好感，以後還怕沒有機會麼？

「請問張先生的職業是——」問完了，她又加上一句。

「哈哈哈！在下不過是一個教書匠而已。」他因為她的關心而高興得笑了起來；但是，他還不想讓她知道自己是個中學教員。「教書匠」可包括了大學教授啊！

「啊！時間不早，我得回去了。謝謝張先生的談話。咖啡帳我們各付各的好嗎？」她看了一下錶說。

「不，郭小姐，這是中國，我們還是遵守中國人的習慣，讓我做個小東道好嗎？」

「好吧！那麼又得謝謝你了。」她也沒有推辭，說著就站了起來。「我們走吧！」

他們走到店外的行人道上，她伸手向他：「張先生，再見！」接著，向一部駛過的空計程招招手，就鑽進車裡。

望著轉眼就沒入快車道的車海中她那部藍色的計程車，他惘然良久，就像從一場春夢中醒過來。他的掌中還殘餘著她手心的溫暖與輕柔，他情不自禁地把自己的手掌湊近鼻端，那上面彷彿還有著她的芳澤。

一向倒頭便睡的他，那夜破天荒的失眠了。在夢中，伊人的倩影一次又一次的出現，她一次又一次地向他低顰淺笑，她的明眸，她編貝似的皓齒，他覺得那真是世界上最美的藝術品。

第二天醒過來，他想起了一件事。糟糕了，談了半天，我和她都不曾留下地址和電話，以後怎樣連繫呢？後來又想：有甚麼關係？她是名人呀！隨便那一家報館都可以轉信給他；要不然，問方圓他一定知道。不，我又不是一般讀者，怎可以由報館轉信？再說，我也不願意讓方圓知道我對她的感情，要是被人譏笑為癩蝦蟆想吃天鵝肉，那才丟人現眼。慢慢來吧！我會再碰到她的。

他更勤於參觀各種畫展、攝影展、雕刻展和音樂會了；但是，卻從來沒有碰到她。現在，在那種場合中，他根本無心欣賞藝術，他只是一心以為有鴻鵠之將至醉翁之意只在樂伊人的出現。不幸，他竟然失望了。一次又一次的見不到她，報上也沒有她的消息，他再也沉不住氣，準備只好向方圓打聽。

然後，在一次很盛大的名家聯合畫展開幕儀式中，他又看到了她。兩個多月不見，她還是美麗如昔。一襲淺紫色的旗袍，更增加她的雅致與風韻。他遙遙地在人叢中望著她，卻沒有勇氣上前去招呼。因為她正跟幾個外賓在一起談話，他怎能貿然出現？可恨那幾個老外竟跟她寸步不離，他們一起看完畫展，接看便一起離去。她根本沒有發現他的存在，就是發現了，也不見得認得他。

他再一次惘然地注視著她的背影離去。也許我真是一隻癩蛤蟆吧？她本來就是一隻高貴的天鵝，你妄想甚麼呢？

幾天以後，他偶然在一本新出的藝術雜誌上看到郭宛逸一篇調查現代中國人藝術愛好趨勢的報告，她說她自從回國後就開始編製問卷調查居住在臺灣的中國人，要統計他們在藝術方面喜好的傾向。根據她所發出五百份問卷的答案，以及少數口頭的調查，她統計出：我們的古典音樂愛好者依然停留欣賞浪漫樂派時代；西洋美術的欣賞也只限於古典派和印象派；舞蹈只喜歡古典芭蕾舞；電影……

看完了那篇洋洋兩萬言的文章，他的全身都被汗水濕透了。原來她那夜的和我長談，只是把我當作調查的對象；原來我欣賞藝術的水準，在她眼中是這樣不可取，虧我還一直以為自己對藝術有多懂哩！

也好，就此清醒過來也好。無論對她或對藝術，我原來都是一隻癩蛤蟆。她是如此的高不可攀，就當作是一件我所不看不懂的高級藝術品好了，美麗的她，原來也就是上帝的精心傑作呀！

冤家

在早上六點半起床，是她多年來的習慣。今天，可有點不一樣，已經快七點了，她還悠遊自在地躺在床上，因為，從今天起，有人替她料理家務，她再也不必匆匆忙忙地做完家務再去上班了，那麼，為甚麼不多享受一會兒呢？

七點正，她伸伸懶腰，起床梳洗。她的丈夫正民正在廚房裡煎蛋，餐桌上，已沖好兩杯牛奶，烤好了兩片土司。

「我說過土司不要先烤的，冷了不好吃。」她皺著眉說。

「我怕你來不及嘛！」正民一面煎蛋一面說。

「窮緊張！來不及不吃就是，有甚麼大不了？」她喝了一口牛奶，又說：「老是加那麼多的糖，甜死人了，以後不要給我加。」

正民把兩個煎蛋擺到桌上，她一看見又說：「放那麼多的油幹嘛？你不知道中年人不應該吃太多的油脂類嗎？」

「油多才煎得漂亮呀！植物油多吃點有甚麼關係？」

「好了，好了，不跟你爭了。今天，你要去買菜，菜單我已列好放在梳妝桌上，記得蔬菜類要買嫩的，不要老是貪大，儘挑老的來買。出門記得帶鑰匙，還要先打掃和收拾屋子。中午自己下碗麵吃，鍋裡還有些紅燒肉和豆腐乾。下午，要是覺得無聊，拖拖地板吧！一個星期沒有拖，也相當髒了。」

她把家事吩咐完畢，早餐也吃完了，就開始打扮自己準備上班。臨出門又想起了甚麼：「正民，拖完地還要洗拖鞋，要不然就白拖了。」

「知道了，阿婆！你甚麼時候變得這樣囉嗦的？」正民半開玩笑半正經的這樣說；但是她卻因為「阿婆」這兩個字而氣得繃著臉不再理他。

到了辦公廳，比上班時間還早了五分鐘。坐在她對面的林大姐在截止打卡的最後一秒鐘才氣喘喘地趕到，坐定以後，發現她已好整以暇地在處理公事，就好奇地問：

「娟然，你今天怎麼來得這樣早？」

「因為我家裡今天請了一名男工。」她笑著回答。

「啊！你家老爺已經退休了？你真好命！從此將無後顧之憂了。」林大姐不勝羨慕地說。

「不見得，他笨手笨腳的，也幫不了甚麼大忙。」

「娟然，你別不知足了吧，人在福中不知福啊！男人家肯做家事已經很難得的了。像我那個老伴，現在甚麼時代了，還是茶來伸手，飯來張口的，擺足了老爺架子。」

「可是，你家老爺會賺錢啊！」娟然說完了，不禁在心中暗暗嘆了一口氣，聯想到正民的窩囊無能。

我為甚麼會嫁給他的？當年難道是瞎了眼不成？多年來，娟然不斷地這樣問自己。然而，自責又有甚麼用？他們結婚已轉眼將近卅年。

我是被他俊美的外表所吸引?!還是由於崇拜他顯赫的家世？以至，居然忽略了他連中學都沒有畢業？而又沒有一技之長？婚後，他藉著祖蔭，不需要外出工作，兩人倒也過了一段悠哉遊哉的歲月。那個時候他們都太年輕了，根本沒有想到為將來打算。等到他們把那份遺產揮霍得差不多了，而孩子又接二連三的來臨，他們這才慌了手腳，正在想到出去找工作，但是，他文不能文，武不能武，而又沒有任何學歷；去當店員年紀太大，去做小販又扯不下臉。

這時，娟然才發覺：俊美的臉孔原來只是一個綉花枕；而顯赫的世家又適足以造成他的紈袴氣習而已。眼見山窮水盡了，娟然是大學畢業生，中英文程度都很好。她說：「讓我去試試吧……不過假使我找到了工作，你可得在家帶孩子啊！」那時，他們的第三個孩子還不會走路。

娟然很快就找到了。一個國營的營業機構招考文書，她去應考，很輕易的就錄取了，而且一直做到現在，如今，她可已經是高級專員。

正民果然在家裡乖乖的帶孩子。當然，他是男人（尤其是，他是個紈袴子弟），對家事異常外行，三個孩子又把他纏得昏頭脹腦，因此，家裡每天都亂得一團糟，而且每天都發生「意外」：不是老大跌破了頭，就是老二燙到了腳，要不然就是打破了玻璃或者瓷盤子。

每天下了班要趕到菜場帶菜回家燒飯，娟然也是很辛苦的。而每次一回家，家裡一塌糊塗，三個孩子又哭又啼的爭著要媽媽，不免使得她大為惱火。

「你怎麼這樣沒用呀？管個家都管不好，我上了一天班回來既要燒飯又要做這麼多的事，你以為我有三頭六臂？」幾乎每一天，她一回家就要說出這類的話。

「沒有用？你只知你上班辛苦，你以為我在家有多舒服？不相信你試試吧！」

「我想試試，可是你有本事去賺錢嗎？」她毫不容情地打擊他。

她第一次說這句話時，他忍受著，只是鐵青著臉不說話，咬著牙把憤怒咽回去。第二次，他生氣地搥桌子，把二個孩子嚇得大哭。第三次她再這樣侮辱他時，他狠狠的向她大吼。

「你這個混帳女人！你就是瞧不起我沒有工作。有一天，你會後悔說了這句話的。」說完了，丟下手中的孩子，大踏步就走了出去。

她一個人既照顧孩子，又要張羅晚飯。他一走開她就後悔了，她到底是需要他的。

正民那晚沒有回來吃飯，也沒有回來睡覺。害得她一夜不敢闔眼，萬一他遇到了意外，或者想不開去尋短見，那豈不是我雖不殺伯仁，伯仁由我而死嗎？她越想越害怕，不禁躲在被子裡哭了起來。他會到那裡去呢？在這個城市裡他沒有任何朋友，而我也沒有別的親戚呀！還有，他身上有沒有帶錢呢？沒有錢，他就連晚飯也沒得吃了。再說，就算他沒有遇到意外，他不回來，我明天怎麼去上班呢？一想到這裡，她忍不住又氣起來；死東西，想害我丟了這份差事是不是？你自己不想活，難道還想拖累孩子？

到了天快亮，她才朦朦朧朧地睡去。好像才一交睫，就感覺到有人坐在她床前。她驚出了一身冷汗，睜眼一看，是正民，而窗外天已大亮。

一夜不見，正民似乎老了許多。他的鬍子已長了出來，眼睛紅紅一臉的倦容，衣褲也皺得不成樣子，看來真像個流浪漢。

「你到那裡去了？」她問。

「娟然，我們以後不要再吵了，好嗎？這樣下去，我太痛苦了。」正民低著頭說。

「我問你昨天晚上到那裡去了？」她對他的答非所問感到很不耐煩。

「我走了很多路，後來太累了，就在公園的椅子上躺著。我冷，我也很餓，有沒有甚麼東西可吃？」

「你沒有吃晚飯？」

「沒有，我身上沒有帶錢。」

「該死！誰叫你脾氣那麼壞？」她跳下床，一面叫他去洗臉洗手換衣褲，一面把昨晚留給他的飯菜弄熱。當她看見他狼吞虎咽的模樣時，就在心裡暗暗發誓：以後真的不要再吵了。

但是，過了兩天，當她提著菜場中買來的一袋伙食，擠半小時的公車，筋疲力盡地回到家裡，看見那一廳兩房的小小住所又亂得像狗窩一樣時，又忍不住大發脾氣，把一切過失都派在他的身上，用最惡毒的話來罵他：

「你說呀！這還算是人過的生活嗎？我又要上班又要燒飯帶孩子，你要把我折磨死是不是？別人上班，家裡可以僱下女，但是我卻沒有這種福氣。我不但要養孩子，還要養丈夫。你說，你算不算是一個男人？」

正民的臉一下子完全失去了血色，老半天，才從牙縫裡迸出一句話：

「那你要我怎麼樣？」

「我管你怎樣，你是男人，你自己去想辦法。」

「你要我去偷去搶是不是？」

「沒有出息的傢伙！難道你就不能夠憑你的雙手去賺一塊錢？」她狠狠地說。

「我去試試看。」他說著就出門去。

她很擔心他又是徹夜不歸去睡公園，還好，她才把晚飯擺開，他就回來了。一進門，從口袋裡掏出一疊十元鈔票放在桌子上，一句話也不說。

她數了數，是兩百元，就問：

「那裡來的？」

「你不是說不管我用甚麼方法嗎？」他淡淡地說。

「難道你真是去當扒竊？」她有點緊張。

「那也是你逼我的啊！」他居然微笑起來。

「要死了，你！讓孩子知道了怎麼辦？」她大驚小怪地叫著。

「少緊張，吃飯吧！」他開始忙著替兩個大孩子盛飯挾菜，一面還要餵小的。

她繼續追問，他就是不肯說。晚上，他入睡以後，她搜他的外衣口袋，空空如也，甚麼也沒有。她越想越狐疑，他在這裡並沒有任何親友，似乎不可能是借的。要是為了這一點點小錢去作奸犯科，也不可能，他是個膽小如鼠的人，怎敢當扒手或小偷？她再搜他的西裝褲，在褲頭的小口袋裡，她摸到一張薄薄的紙片，抽出來一看，原來是當票，他把家裡唯一最值錢的東西——他的一隻名牌手錶拿去當了二百元。他那隻伸到蚊帳外面的手腕，果然是空的，還露出了一小截白白的錶帶痕跡。

「可惡的傢伙！不是越幫越忙嗎？還得花錢去贖回來囉！」她怒氣沖天的很想把他叫起痛罵一頓，不過，她想到這也是由於自己逼得太急之故，也就只好忍耐下去。

夫妻兩人天天的吵，幾乎到了反目成仇的地步。她的確是瞧不起正民，也後悔嫁給他。正民則因為妻子太能幹也太專橫而惱怒：何必欺人太甚？難道我真的甘心情願讓妻子供養？吵得厲害時，兩個人也都提過離婚的字眼；但是，三個孩子歸誰撫養呢？他固然自顧不暇，可是她也無法內外兼顧呀！為了孩子，這對冤家只好一天天的拖下去。

正民的賦閒在家，使娟然感到很丟臉。她從來不讓同事到她家裡去，別人問到她先生在那裡得意，她只是輕描淡寫地說他跟朋友一起做點小生意。

靠著娟然的一份薪水養活一家五口，只能夠勉強維持起碼生活。貧賤夫妻百事哀，他們之間的爭吵更是沒有個完。等到兩個大孩子都快要升上中學時，娟然憂心忡忡，恐怕將來會撐不下去。她想了好幾種副業想要正民去從事，像養雞、養鳥、養狗、抄寫、校對等等可以在家裡做的工作；但是卻被生性疏懶的正民一一推翻拒絕。他說：我替你做了那麼多的家務，就算是你僱了一個下男吧！我已經沒有多餘的精力去從事副業啦！

奇蹟就在不久以後發生，正民偶然碰到一個剛從海外回來的同鄉，那位同鄉要在這裡設立一家成衣廠，請正民去幫忙總務方面的工作，待遇雖不高，但也總勝過家裡呆。更何況，現在孩子大了，家務漸漸輕鬆，他實在也閒得無聊。從這時開始，正民身分的職業欄上才劃掉了「無業」兩個字。

正民有了工作，家庭狀況比較好轉，兩個人的爭吵也相對的減少。孩子們一天天的長大，由小學而中學而大學；兩子一女的書都唸得很好，現在，老大老二都在美國深造，女兒也於半年前出嫁，本來熱熱鬧鬧的家庭，突然變得冷清清的。娟然這些年來跟正民雖然不吵，但也沒有甚麼話可談，如今孩子們都不在家，兩個人就更少開口。由於自己不斷升「官」，在事業上春風得意，此時的娟然對正民不但沒有相依為命的感覺，反而視他為一種累贅。現在的正民已是既老且醜，不但沒有輝煌的學歷，又沒有社會地位，跟別人的丈夫相比（像林大姐的丈夫是某公司的總經理，王小姐的先生是一間中學的校長），她總覺得很丟人。她從來不跟他一起在公開場合露面，即使跟她同事多年的林大姐也沒有見過正民。一想到自己拖著一個這樣不體面的丈夫，娟然就很羨慕那些獨身不嫁的女人，她們多自由自在啊！沒有丈夫又有甚麼不好？

煩惱的事還在後頭，正民服務的那個成衣工廠，因為同行競爭太烈，而老闆又不善經營，終於宣告倒閉了。白白做了十幾年，不但沒有退休金，也沒有遣散費，甚至連最後半個月的薪水都拿不到，正民又恢復了無業遊民的身分。娟然覺得這樣很不光彩，就在同事面前揚言說自己的丈夫將要退休。現在，林大姐聽說正民正式退休了，因為兩人很熟，就向娟然打聽正民拿了多少退休金。

「我沒有問他。反正我又不需要用他的錢，給他留著當私房錢算了。」娟然微笑著，很瀟灑地說。

「啊！你真大方，不過我卻辦不到。男人有錢就會作怪，你得小心點啊！」林大姐說。

「哈哈哈！」娟然聽了不禁大笑起來。「關於這一點，我太放心了。假如有誰看中我們這位糟老頭子，我願意雙手奉送。」

「糟老頭子？」林大姐懷疑地問。「我看過你們先生的照片，他不是長得挺英俊的嗎？」

「可是，林大姐，你不要忘記了，今非昔比，咱們都老了！」娟然輕輕說完了，就低頭去看公事。

那天，娟然二十多年來第一次不必帶菜回家，她輕輕鬆鬆地走上二樓（這還是娟然用自己的錢買來的公寓）用鑰匙打開大門，還沒進門，她先檢查地板，發覺整間客廳的拼花地板都光可鑑人，就滿意地脫鞋走了進去。她聽見正民在廚房裡操作的聲音，也不理他，先進房間換衣服，然後再進廚房。她正想問他菜都洗好切好了沒有，卻看見飯桌上已擺好了三樣菜。

「我不是說過等我回來炒嗎？幹嘛這麼早就炒好了？」她皺著眉問。

「怕你回來辛苦，反正我沒事，順手就做了。」正民盛了兩碗飯，把一碗擺在她面前。

「替我盛這麼多的飯幹嘛？你又不是不知道我不愛吃飯。」她板著臉把半碗飯撥回電鍋裡。

「來！試試我的手藝吧！」

她嚐了一塊紅燒豆腐，馬上說：「鹹死人了！」挾了一箸雪菜肉絲，又說：「豬肉不新鮮。」喝了一口番茄蛋花湯，說：「淡而無味！」

「你太難伺候了。從前，中午的時候我有時也燒兩個菜給孩子們吃，他們都說好吃。」正民說。

「我難伺候？誰要你伺候的？」娟然拍的一聲把筷子放了下來。「有本事就讓別人伺候你！」

「說話太過份了！」正民也學著她把筷子重重地放在桌子上，一面大聲吼著，因為他用力用得太大，以至整張桌面都震動起來。

「好呀！我只不過說你一句，你就發這麼大的脾氣，你想死？」娟然自命是個有教養的女性，她不喜歡大聲吵，但是她也不能忍讓。

「我本來就想死，你以為我過的這種生活很好過？」正民也不吼了；相反地，他的聲調是低低沉沉的。

「不好過你另外想辦法呀！」

「我曉得你就是瞧我不起。娟然，現在家裡就剩下我們兩個，何苦天天自相殘殺呢？要是孩子們知道了，會多傷心啊！」正民的瘦頰在說話時一凹一凹的，嘴角也下垂著。

「你還好意思提到孩子，你根本就不曾盡過父親的責任。」娟然看見他那副窮酸相就生氣。

「怎麼沒有？他們小的時候是誰把他們帶大的？」正民因為理直氣壯，聲音又提高起來。

「我不是指照顧他們的生活起居，這一方面，請一個傭人就行了。我指的是你沒有賺錢養活他們，也沒有能力教他們做功課。」娟然撇著嘴不屑地說。

「你欺人太甚了！天天這樣，往後的日子叫我怎麼過？」正民惱羞成怒，一張臉變得慘白。

「我怎知道你怎樣過？」娟然現在不生氣了，她根本懶得再吵，撿起筷子，又繼續吃飯，吃那些不合她口味的菜。

「我們——」正民很想說出下面幾個字「離婚好了」；但是，他有所顧忌，沒有說出口。

他根本吃不下去，站了起來，離開了飯桌，走出了廚房，猶豫了一兩分鐘，就開門外出。就像二十幾年前那次因為跟她拌嘴而負氣出走那次一樣，他是滿懷悲憤，很想就此永遠離開娟然永遠不再回來。但是，他又感到茫茫然無所適從。二十幾年前那次他是身無分文，而且外面一個朋友也沒有。現在，他口袋裡有幾百元，也因為工作而認識了一些人；然而，那些人能夠算朋友嗎？他能夠去找他們嗎？

在晚風中，他在街頭無目的地躑躅著。走了很久很久，感覺到又餓又累，隨便走進一家小店裡叫了一些自己愛吃的小菜飽餐一頓，看看錶，九時剛過，正好趕上最後一場電影，就隨便走進附近一家電影院。電影一開映，他就在黑暗中呼呼大睡起來。

娟然悶悶地一個人吃完了飯，把剩菜蓋好，以為正民很快就會回來，等到她洗完澡，把一切都收拾好，而他還沒有蹤影時，她便開始又像二十多年前那次一樣的提心吊膽。他會到那裡去呢？該不會又像那次睡在公園吧？那個時候年輕，受一夜風寒無所謂，如今可是老骨頭一把了啊！不在公園又在那裡呢？他剛才說過「我本來就想死」，可千萬不要去做傻事來啊！想到這裡，她冒出了一身冷汗，既怕因此而被人目為「悍妻」、「惡婦」，又怕鬧出社會新聞，對自己剛才的言重，感到深深後悔。

正民坐在電影院中好夢正酣，忽然他的大腿被人重重的一撞。他吃驚地睜開眼，這才省悟到自己是在電影院中，現正值散場，他的兩條腿擋住了鄰座的出路，一個長髮垂肩的青年，正站在他旁邊向他怒目而視。他一驚，連忙收回雙腿，說聲「對不起」，搖搖晃晃地站起來，混在人潮中一步一步的走出影院。他睡眼惺忪，睡意仍很深濃，巴不得馬上上床睡覺，隨手招來一部計程車，把家裡的地址告訴了司機，往後一靠，又呼呼大睡起來。好像才睡了一分鐘，就又被司機推醒：「先生，到了。」

他意識模糊地付了車錢，連零頭也忘記拿，就踉踉蹌蹌地上樓去。因為還沒有十分清醒，他拿鑰匙的手是發抖的，老半天都插不進鑰匙孔裡。

這時已是午夜，四周一片寂寥，娟然躺在床上，怎樣也睡不著。計程車停在樓下的聲音她聽見了，於是，她豎起耳朵，再聽聽下車的人是否上樓，不過，磨石地面的樓梯是沒有腳步聲的。接著，她便聽見了掏鑰匙的聲音。是的，是的，謝天謝地！他終於回來了。

為什麼只聽見鑰匙響，半天都打不開門？他怎會這樣？莫非是小偷不成？這時的她，又因為恐懼和失望而整個人幾乎虛脫。她一面以被蒙頭，一面豎耳細聽，彷彿過了幾個世紀那麼久，門終於被打開。她聽見了有人走進來，打開電燈開鞋櫃找拖鞋的聲音，熟悉的動作聲使她知道了是他，繃緊了幾個鐘頭的神經，一下子這才鬆弛了下來，不久便沉沉睡去。

經過了多次的折騰，正民現在倒是十分清醒了。不過，他卻忘記了自己是因為和娟然拌嘴而負氣離家的，竟以為自己是有事遲歸。他知道娟然很容易被吵醒，就躡手躡腳走進浴室，用毛巾包住水龍頭放水洗澡，然後又躡手躡腳走進臥室，輕輕爬上自己的那張單人床。在還沒有入睡以前，他想：今天早上娟然嫌我煎的荷包蛋太油膩，明天早晨不如改為水煮蛋，換換口味吧！

敗北

站在馬路旁邊等了半天，就是等不到一部空的計程車。他開始感覺到懷抱中那個週歲的嬰兒的沉重；而那兩個大的孩子，一人抱著他們母親的一條腿，也吵著要回家睡覺。每次，全家出來參加一次應酬，就像是在打一場仗似的，總是狼狽不堪地回家。而這一次，不止是狼狽，他覺得這簡直是一場敗仗，無論在那一方面，他都是徹頭徹尾的敗給他人。

黑暗隱藏了他鐵青的臉色，也遮蓋了他的妻子美英口紅剝落、粉褪脂殘的狼狽相。他感到很累，又因為累而感到十分煩躁，計程車這麼難等，要是自己有一部車子多好！馬陵和舒永年不都是自己開車先走了嗎？馬陵說要送他，可是他因為自己人多，不好意思去擠別人，只好婉拒了。家庭計畫已經推行了這麼多年，居然還一口氣生了三個孩子，多丟人！

「爸爸抱抱！」才兩歲半的老二大概太睏了，而他母親又不肯抱他，就轉移陣地過來扯著他——陳致強的褲管，邊嚷邊哭。

「哭！哭！哭！你就會哭！」陳致強怒火上升，忍不住挪開一隻手來把扯住他的小手拉開，於是，那小傢伙就哭得更響。

「孩子累了，你兇甚麼？抱一抱他嘛！來，小的給我抱。」美英把他懷中的嬰兒接過去，他只好把正在大哭的老二抱起來。四歲的老大看見弟弟妹妹都有人抱，而他卻是一個人站著，也不禁因為委屈而低低抽泣起來。

「真是冤孽！一天到晚就是鬼哭神號的，討厭！」他喃喃地罵著。

美英卻聽見了，就在黑暗中狠狠地瞪他一眼。你討厭他們，難道是我自己要生的？

好不容易來了一部空的計程車，他立刻像衝鋒似地上前把它截住，把三個孩子都塞在後座和美英坐在一起，他獨自坐在司機旁邊。車子才一開動，連老大也入睡了，他這才喘了一口氣。這場仗算是結束了（回到家裡，放他們上床，是美英的事，他可不管），雖然它已敗北。以後，再有應酬，他可再也不敢闔第光臨了，那只會使他感到自己的卑微與挫敗。

離開了高級的住宅區，車子漸漸駛入市中心，擠在川流不息的車陣中以牛步前進著。陳致強閉著雙目，想小憩一番；可是，剛才在石明光家裡跟同學們聚會的情景，又像電影鏡頭那樣一幕又一幕重現腦際：

今天晚上，他們幾個大學時代最要好的同學：陳致強、馬陵、舒永年、張傑在石明光的家裡聯合替剛剛從美國回來的老同學——火箭專家伍德仁博士和他的妻子楊文倩，也是一位留美的食品營養專家。每個人都要攜眷參加。大人一桌，小孩一桌。

當年，他們唸的是電機，是最熱門的一系，而他們也都來自第一流的中學，每個人的成績都旗鼓相當，而其中以伍德仁和馬陵最特出。這六個人都有抱負有理想，在課室裡潛心學問，下了課喜歡打打籃球、看看電影、彈彈吉他，是最標準的好青年。畢業後，大家都去服役，兩年之後，六個人中的四個都出國深造了，陳致強，由於作繭自縛，到如今還沒有辦法出國門一步。

牛步的車子終於脫離車陣，開始加速前進，現在，它正快速地在一條六線大道上向前疾馳，兩旁的路燈和房屋都如飛的往後退。陳致強發現自己竟然緊握著兩個拳頭，十指的指甲都因為憤怒而深陷在肉裡。

伍德仁的妻子是留美博士；馬陵的妻子是大學教授；舒永年的妻子是聲樂家；張傑的妻子是個英文秘書；石明光的妻子雖然只是個家庭主婦，可是她也是家專畢業的。我的妻子是甚麼呢？高職讀了不到一年，是副生孩子的機器，別人都只有一個到兩個的孩子，而我們一口氣就是三個。天啊！我作了甚麼孽？為甚麼會有這樣的命運？

剛才，大家在席上高談時局、學術、音樂和一些此間尚未放映過的歐美電影，女士們個個雄辯滔滔，勝過男士；而且，英文、法文、德文，甚至拉丁文的單字或片語時常不經意地溜出她們的嘴。不但陳致強的妻子聽不懂，就是陳致強也只能一知半解，勉強會意。為了掩飾自己的無法參與大家的談話，林美英只好低著頭忙碌地照顧懷中的嬰兒。

「林美英，」食品營養專家楊文蒨這樣喊她，為了表示親熱，座中的六對夫妻都彼此連名帶姓地稱呼，就像當年在學校裡一樣。「你的孩子太瘦了，你有沒有給她吃××呀？」

那種嬰兒食品的名稱她是用原文說的，陳致強聽不懂，林美英也聽不懂，不過，她很聰明，毫不遲疑就回答沒有。為了怕楊文蒨繼續追問下去，她就把嬰兒放在陳致強身上，站起來走到另外一桌，假裝去照顧那兩個大的孩子。

誰知道，她這一走動，又引起了太太們的話題。

「你們瞧，林美英雖然做了三個孩子的媽媽，身段卻還是這麼玲瓏、美妙，還像小姑娘一樣。」張傑的妻子，那個塗著深色眼影，在一間外國駐華大使館當英文秘書的何瑪麗大呼小叫地說。

「可不是？林美英呀！你是怎樣保持你的身段的？告訴我們呀！」身為主人的石明光的妻子莊雪琴也跟著起鬨。

林美英很怕在這麼多的人面前說話，而且這些人全部是第一次見面，莊雪琴這樣大聲喊她，使她很窘，就乾脆不轉過頭去，只是低低地喃喃地說：「我不知道。」

陳致強沒有聽見，以為林美英不回答別人的話，氣得臉也白了。正想向她訓幾句時，耳朵特別靈的何瑪麗卻聽見了。

「她說不知道，」她聳聳肩地說。「她不知道，那表示她不需要特別維護，是天生的麗質呀！」說著，便放肆地大笑起來，其他的人也跟著大笑。

何瑪麗的話，可以說是恭維，也可以說是諷刺，陳致強聽了很不是味道，只好也跟著笑。林美英卻是似懂非懂地，仍然忙著在另一桌照料孩子，對大家的笑，毫無反應。

「我看，林美英也是我們之中最年輕的一個，她比我們小多了。陳致強，她二十幾了？」因為林美英一直不開口說話，趙雪琴便轉移了問話的目標。

「二十二。」陳致強說。

「嘩！才二十二！我們都快三十了。」幾個女的都叫了起來。

「那麼，她十幾歲就結婚了？」有誰這樣問，但是，馬上一陣寂然，因為這句話也意味著想探聽林美英的學歷。

其實，不用打聽，幾乎從每個人的外表都可以看得出她的學識與修養。貴賓楊文蒨是最樸素的一個，直髮、戴眼鏡、身上是一套地攤上買來的廉價衣裙。馬陵的妻子鍾季芬在大學裡教書，也戴眼鏡，穿著也很隨便。舒永年的妻子是個聲樂家，風度很高雅，極少說話，但是臉上始終帶著和悅的微笑。何瑪麗，為了職業的關係，是她們之中化妝最濃的一個，但是她能言善道、滿口洋文。女主人趙雪琴，薄施脂粉，穿著一件質料極為考究的洋裝，手指上的鑽戒閃閃生輝，她的丈夫石明光最近榮升為廠長，在物質上，她是可以隨心所欲的。今晚在他們家為伍德仁夫婦洗塵，就是因為他們家的客廳最大。而趙雪琴看起來就是一位精明能幹的富家少奶奶。

林美英的確比她們年輕得多，身段也美妙得多；可是，相形之下，就是一副村女娥眉的樣子。臉上塗了太多的粉，口紅抹得不勻，髮型也跟不上時代，她那件蛋青色的洋裝更是土氣又俗氣。加上她幾乎自始至終不開口，就更顯出了小家子氣。那幾位太太的眼睛多厲害，她們當然一眼就看得出她的出身與程度來的。

妻子比不上別人的，我自己又何嘗不是？在他那些有成就的同學面前，他是最微不足道的一個。伍德仁是火箭專家，馬陵是工程師，舒永年是副教授，石明光是廠長，他們通通是鍍過金的留美學人。張傑雖然沒有出國深造過，然而他有自己的事業，是個大老闆呀！只有我，算是甚麼呢？一間小工廠裡的技師，幹了七年還不曾升過級。難道我的能力不如人？那怎麼會？我在學校裡的成績並不輸過他們呀！難道我不努力？這我也不承認？我今天的沒出息，是因為家累消耗了我太多精力的緣故。啊！家累，誰為為之？孰會致之？命運是多麼的會捉弄人！

*　*

陳致強出生在一個姐妹兄弟眾多的家庭，八個子女的重擔，把他那身為低級公務員的父親壓得喘不過氣來。所以，儘管自己的學業成績不錯，也儘管幾乎全班同學都在服役後出國深造，陳致強卻從來不敢作這種打算。他是長子，大學畢業後無論如何總應該分擔父親的重負吧？不過，他家沒有甚麼社會關係，到了退伍的前一個月，就只好拼命在報上的人事廣告中找機會。退役後，他去應考了幾份工作，結果，卻只考取了郊區一家電機廠的技師。

雖然距離他家遠了一點，也別無選擇了。這家電機廠頗負盛名，待遇也還合理，而且有單身宿舍可住。他住到宿舍裡，也可減少家中的擁擠。就這樣，他搬到廠裡，開始他的職業生涯，每到週末，才回家一次。

雖然是一名學業成績相當優良的大學畢業生，可是他從來沒有工作經驗，當他進到工廠裡觸摸到實際的機器時，即使他身為技師，也不得不跟著那些小工們從頭學起。負責訓練他的是一些言談舉止都十分粗鄙的資深領班，對他有時也不怎麼客氣。他每天彎著腰在機器間裡學習，總是弄得腰痠背痛、雙手油汙。這時，他才體驗出賺錢原來這樣不容易。早知道社會環境跟學校環境是如此的大不相同，真是寧願做一輩子學生。

他很羨慕那些能夠出國深造的同學，也暗暗在計畫著，熬個五年，等最小的弟弟也上大學了，他也許也可以出去學點新的學識吧？可是，過了五年，他的功課還跟得上嗎？而且，到時他已二十九歲了，學習能力又是否會衰退呢？唉！想那麼多幹嘛？既然有這個心願，就加緊準備，多多充實自己吧！

每天下了班，單身宿舍中的職員和工人都一面喧嘩浪笑著一面成群結隊的出去冶遊。其中，雖然也有不少大專程度的青年，可是，不知怎的，他跟他們就是合不來。那些人，一坐下來就談女人，談賭錢和酒經。他們言不及義，除了報紙和武俠小說，從來不接觸書本。這一切，都是他所痛恨的；所以，他跟他們不但合不來，而且簡直水火不相容，除了在工作上不得不交談外，一下了班，他就不理他們，獨自躲在床上看自己的書。單身宿舍一間房間住四個人，要是其他三個人在，他就耳根無法清靜，因此他最高興他們出去玩。他這樣孤高不群，同事們也不喜歡他，背地裡稱他為「怪人」。

這種日子是機械式而痛苦的，做了兩三個月，他便有點熬不住。然而，熬不住又有甚麼辦法，廠方錄取了他，他接受了這份工作，是要訂合約的，合約規到他必須服務兩年，要是半途離職，就要追繳以前所領過的薪水。他犧牲自己出國深造的志願，為的是要減輕父親的負擔，他每個月都把薪水袋原封不動地交給母親，再由母親給他一些零用錢。假使他任性地辭了這份工作，不但要籌出一筆錢來歸還已領的薪水，而且還得從頭另謀差事，真是談何容易？自己不幸而出生在這種環境中，就乾脆犧牲到底吧！

一旦抱定了犧牲的決心，他就以一種赴湯蹈火的心情接受了他的環境。現在，他不再那麼自憐了，他的感情漸漸麻木起來。白天，他默默地幹著小工們所做的卑微的工作；晚上，洗去滿手的油汙，捧著書本，仍然做著留美的白日夢。白天，他把自己當成機器的一部分；晚上，才算尋回自我。

兩年的合約期之前，他去應徵了另外兩份工作，都不幸沒有成功，只好垂頭喪氣地默默的又接受了兩年的合約。現在，他不必做小工的工作了；不過，機械的工作本來就是枯燥無味的，他依然像一部機器。有時，做得太累，到了晚上便連書本也不想看，這時，他連自我也消失了。

他工作的那間工廠是屬於男性的天下，自廠長、經理、工程師、技師、職員、技工，乃至工友，幾乎全是男性，只有會計、出納兩部門有八九個女職員，兩個女工友，還有廚房中的兩個歐巴桑而已。唯其陽盛陰衰，所以那些女職員和女工友，只要是未婚的，一進來便會成為單身漢追逐的對象。只有陳致強對那些庸俗平凡的女孩，從來不屑一顧。

陳致強在那家電機廠工作的第三個年頭，廠裡來了一個半工半讀的女工友，十七八歲，瘦瘦小小的，一點也不起眼，廠裡那些光棍們更是誰也沒有注意到她。這個小女孩，不苟言笑，每天只是默默地做她該做的工作，空閒下來就捧著一本課本在溫習。

別人不注意這個女孩，陳致強可注意到。她的文靜與好學，使他覺得她與眾不同。有時，兩人在路上碰到，他就會主動的向她打招呼。要是看見她在唸書，更會說聲：「你真用功！」

有一次，陳致強有幾分鐘的空閒，就走到管理室去坐下來休息。這時，那個名叫林美英的小女工友正在一個角落裡做功課，看見陳致強進來，就捧著課本走過來找他：

「陳技師，這一題怎樣做？麻煩你告訴我好嗎？」

陳致強一看是英文，是太容易的高職一的英文，就毫不猶豫地為她解答了。為了鼓勵這個用功的學生，他還加了一句：「你以後在功課上有疑難，儘管問我好了。嗯！」

林美英用感激的眼光望著他，說：「太謝謝你了，陳技師，你真是好人！」

他在廠裡沒有一個可以談得來的朋友，處境是非常寂寞的。自從他替她解答了那道英文題目之後，林美英果然不時就怯生生地拿課本來向他討教，而他也總是不憚煩地給她解釋和指導。林美英在廠裡雖然是個工友，但是她也具有學生的身分，陳致強在寂寞的環境中，不但對林美英絲毫沒有輕視的成份，反而覺得這位小妹妹比廠中其他任何人都更值得做朋友。

兩個人漸漸稔熟，林美英向他請教的次數也日增，他幾乎變成了她義務的家庭教師。他為她傳道解惑的場地就在工廠的管理室。工廠裡的人都很忙，很少人注意到這兩個人在機器聲和機油味中居然還對課本發生興趣；就是注意到了，也只是在心裡不屑地哼了一聲：「兩個書呆子！」

陳致強從來不曾當過老師，他的弟弟妹妹全都天性聰穎，幾乎沒有人在功課上向他請教過，現在，他教林美英，在沒有比較的情況下，他覺得這個小女孩也挺聰明、乖巧的，因此，他除了教她功課以外，還主動借一些世界名著的譯本給她看。每次，林美英也都很感激地帶回去。

有一天，在快要下班的時候，林美英忽然紅著臉偷偷摸摸地塞給陳致強一包用報紙包著的東西。陳致強接過來，感覺到有點沉重，而且還是熱的。

「林美英，這是甚麼東西？」他詫異地問。

「是粽子，我媽媽做的，快回去趁熱吃。」她有點靦覥地回答。

「那就謝謝你哪！」他向她微笑，捧著那包溫暖的粽子，也帶著友情的溫暖回宿舍去。

臺式的粽子雖然不合他的口味，但是卻比包伙的大鍋菜大鍋飯好吃得多。他獨自在房間裡一面吃著一面想：她為甚麼要送我粽子？是為了酬謝我教她功課麼？無意中翻了翻案頭的日曆，原來再兩天就是端午節了，在機械式的生活中，他竟然沒有注意到這一年又已將過去一半。

我教她功課是自願的，怎能要她送東西？我該回她甚麼東西好呢？他想送她一本書，後來又想不如請她去看電影。學生聽話，老師為了鼓勵她，請她看電影，這豈不是最自然的事？

幾天後的一個週末，陳致強問林美英：明天上午有沒有事？沒有呀！林美英轉動著她那雙靈活的大眼睛說。那末，我請你看早場電影，我們在××戲院門口碰面好嗎？不好意思呀！我怎能夠要你請客？林美英黃瘦的臉脹得通紅，而且一副不勝嬌羞的樣子。我是老師呀！老師請學生難道不應該？那我就先謝謝老師了。從此，她稱他為老師，「陳技師」三個字在她口中變成了歷史名詞。

那天早上，她出現在影院門前，真是使他眼前一亮。初夏的暖陽使她脫下經常穿在身上的長袖黑色制服，改穿一件月白色的短袖洋裝，這使得瘦小的她也有點亭亭玉立的模樣。原來，林美英並不醜哩！他這樣想著，嘴上就說：

「林美英，你今天好漂亮哇！」

她害羞地低著頭，沒有說話。

他選的是一部頗有深度的外國片子，林美英因為看不懂而不斷地問他。他雖然有點心煩；可是一想到是自己的選擇不對，也就只好耐著性子為她解說。

散場後，他又請她去吃小館子。以往，他們在工廠中只談功課，從來不曾談過家庭狀況。現在，他從她口中知道她的父親是個清道夫，母親是個菜販，家裡兄弟姐妹也很多，所以她只好半工半讀。彼此的身世都差不多，一種同病相憐之感，使得他把她當作是知已。

「你每天既要上班又要上學，累不累？」他同情地問她。

「還好，反正我已經習慣了。從前，我沒有來工廠上班以前，放學回到家裡還不是要燒飯、洗衣服？」林美英回答說。

他朝著面前這個小小的女孩，還是十分童稚的小臉上似乎流露出歷盡滄桑的表情，不禁起了一絲憐憫。這一絲憐憫後來又衍變為中古的騎士精神，他覺得他有保護這名弱女的義務。

不知道是為了要回報陳致強的請看電影和上館子，還是另有原因，幾天以後，林美英又從家裡拿了幾塊菜粿和紅龜送給陳致強，說是家裡做拜拜的食物。陳致強吃了她送的東西，又再請她去看電影。從此，兩個人一送一請，每個星期日都在一起。要是遇到陳致強要值日，不能外出，兩個人便都忽忽如有所失，鬱鬱不樂。

炎夏裡的一個週末，陳致強的父親從辦公廳裡打電話到工廠裡找他，問他何以近來老是不回家去。陳致強結結巴巴地說因為常常加班，所以走不開。父親說，他的一個舅舅從國外回來定居，住在高雄，彼此剛剛連絡上，他準備今天晚上跟母親南下，要致強回家照顧弟妹，他們明天便回來。

他本來跟林美英約好明天去郊遊的，現在，只好改變計畫。

「你還沒有到過我家，明天就到我家裡來玩吧！」他對她說，她也沒有異議。天曉得那個狹小的家有甚麼可玩，不過，既然雙親都不在家，他邀請女孩子回家總不至太尷尬罷了。

他本來想讓林美英認識他那個跟她同年的么妹的。可是，星期日的早上，還住在家裡的三個弟弟和麼么妹（兩個弟弟在軍中服役，一個大妹妹已結婚）卻通通說跟同學有約會，一溜煙便都跑光，使他連開口的機會都沒有。現在，他的任務只剩下看守房子了。也好，他們不在，我和林美英可以清靜地聊聊天，也可以好好地教她功課。在工廠那種環境中給她補習，那真是受罪。只不知她今天會不會帶課本來。

九點多鐘，林美英便來了，沒有帶課本，卻提著兩個小小的香玉西瓜。這個小女孩，為甚麼老是一副世故的樣子，每次都要送他東西？

「林美英，你幹嘛老是喜歡學大人的那一套？我可要不高興了。」他真的是不喜歡這一套。

「我媽媽說的，到別人家裡不能空手去。」她一本正經的說。

「我的天！早知我就不叫你來。」他無可奈何地用手拍了拍額頭。

＊　＊

真的，早知道就不叫她來了，他為此而後悔了四年多，他的命運也因為那一次而定了型。現在，計程已離開市中心區駛向市郊，速度漸漸加快起來，他腦海中往事的幻燈片也快速地一張又一張的閃過。他記得林美英那天穿著一條迷你裙，露出了一雙雖瘦而相當圓潤白嫩的大腿，坐在他對面顯得有點跼促。沒有課本，兩人對坐著，不久就發覺居然無話可談。但是因為家中沒有別人，他就想到自己要下廚燒飯請她吃。

他走進廚房，笨手笨腳地去張羅，她跟了進去，自告奮勇要幫忙。她是比他在行得多，可是燒出來的菜一點也不好吃。兩人默默地像一對兄妹似地吃完了飯，他去洗碗，就叫她到他的床上躺下來休息。等到他把廚房收拾好，自己又去洗了一把臉再回到房間裡時，發現她竟已睡著了。長長的睫毛覆在臉上，因為天氣熱而兩頰微微現出紅暈，模樣兒十分可愛。他在大學裡從來不曾跟女孩子來往過，這個比他小九歲的瘦瘦小小的女孩竟是他有生以來關係最密切的異性了。他情不自禁低下頭去輕輕吻她的面頰，她馬上醒了過來，睜開亮晶晶的大眼含情默默地朝著他。於是，亙古以來男女之間最平凡的事發生了。她太年輕，根本不懂得偷食禁果的嚴重性，那個下午，她只是含羞獨自離去。而他，也有點愧見父母，等到他的弟弟妹妹回來，就藉口有事，回到宿舍裡。

這以後，林美英竟然不敢再在別人面前向他執經問難，而他也不敢跟她說話。到了週末，這才偷偷約她明天一同到郊外去。他問她恨不恨他，她垂著頭用力搖了一下，他感激地緊握著她的手，心裡的不安也相對的減輕了一些。

然而，做任何事都要付出代價的，造化小兒又那肯輕易放過他？一個多月以後，她在兩人單獨相對時向他哭訴她懷了他的孩子，該怎麼辦？

該怎麼辦？除了立即結婚那有第二條途徑？儘管林美英無論在那一方面都配他不上，距離他擇偶的條件不知差了幾千里；但是，他還是得背負起這副十字架。

林美英尚未成年，這是很棘手的問題。幸虧她父母因為家貧，巴不得女兒快點出嫁，而且對方又是大學生，那更是求之不得。徵得了她父母的同意之後，他們就採取了最簡單的婚禮——到法院去公證，然後由男家擺了兩席酒席，算是會了親。林美英休學了，兩人在工廠附近租了一幢小小的公寓，她就當起小妻子來。

在孩子還沒有出生之前，她閒著沒事，倒也不忘把課本拿出來溫習溫習，有時也看看他為她介紹的世界名著。等到孩子一出生，她因為太年輕而手忙腳亂，連例行的家事都應付不來，又叫她那有心情去讀書？不久，就變成一個庸俗的家庭主婦。在外表上，她變得豐滿了，也比較白嫩了，做了小母親，反而比以前漂亮。可是，她也變得嚕嗦、俗氣而虛榮。他每天疲累地下班回家，所聽見的只是她對家務無休無歇的訴苦，以及鄰居所發生瑣事的陳述，而且她也開始愛打扮和使用化妝品。這些都還不算糟，最糟的是，居然不實行家庭計畫，四年之內，一口氣替他生了三個孩子。沉重的家庭負擔，把他壓得透不過氣來，他又走上了他父親當年所走的那條崎嶇的道路。

由於每夜都被嬰兒夜啼所擾，陳致強這幾年來老是感到睡眠不足，因此他白天上班時也老是精神不振。他有時會遲到，在工作上常常出錯；雖然他是個大學畢業生，但是他的表現並不比一個專科甚至高職的學生優良，結果一幹六七年，他始終是一名技師。這是一家私人的工廠，沒有什麼制度，職員的升調和免職都全憑廠長的喜惡。陳致強一向不跟同事交往，更不會去巴結廠長，本來在廠中就沒有人緣，自從他娶了小工友為妻之後，大家更是瞧不起。看情形，他的遷升實在渺茫得很。

雖然今晚的聚會他的老同學們跟他仍像九年前那樣親熱，大家亂開玩笑，一點也沒有輕視他的意思。可是他卻難免有著絲絲的自卑感，每個人都察覺得出，他是座中最沉默的一個。

計程車在他的門前戛然停了下來。他付了車資，就想上樓去。

「死人，來幫忙抱抱孩子嘛！他們都睡著了，我一個人怎樣抱？」在車子後座的林美英卻大聲的罵了起來。剛認識時，她稱他「陳技師」，後來是「老師」，婚後是「阿強」，現在呢，不是「死人」就是「死鬼」。

他默默地從她手中接過兩個大的孩子，一手抱一個，讓他們的頭伏在他的肩上，吃力地一步一步爬上四樓；林美英抱著小的跟在後面。他空手的時候，上樓梯總是一蹦一跳的，走上四樓，根本輕鬆無比。而現在，兩臂都抱著孩子，加以自己已相當疲倦，這四層樓梯，竟變得無窮無盡，而且艱辛無比，就像他和他父親所走的坎坷的人生之路一樣。雖然他現在才不過三十一歲，不過，他已經看得很清楚，在人生的戰場上，他已是一名敗北的小卒。

異域魂歸

一

近年來很少做夢的趙太太，這一夜忽然做了一個惡夢。她夢見她遠嫁異國的獨女碧茵穿著一件白袍，披頭散髮地哭著奔向她。等到她走近投向自己的懷抱時，趙太太赫然發現：她懷中的女兒不但輕飄飄地沒有重量，而且連面孔都沒有。她嚇得驚叫一聲，馬上就醒過來，全身都濕漉漉地冒著冷汗，一顆心也撲通撲通地跳個不停。這一驚，她再也睡不著了，連忙推醒老伴，把夢境一五一十地告訴他。趙先生被她吵醒，心裡很不高興，直罵她庸人自擾。「古人說：妖夢無憑，你緊張個甚麼勁？一定是白天看了甚麼神怪電影或小說，晚上才會做這種無稽的怪夢吧？」趙先生把妻子數落了一頓，翻個身又去睡。趙太太卻兀自嘟囔著：「我那裡看過甚麼神怪電影或者小說嘛？這個夢太可怕了，叫我怎放得下心？明天，我一定要掛個越洋電話去問問小茵。」

二

廿二歲的趙碧茵跟所有生長在臺灣的青年人一樣，有著愉快的童年。比別人更幸運一點的是，她不但有一個溫暖的家庭和一雙疼愛她的父母，而且，在學業上一帆風順，她所唸的小學、中學和大學都是一流的，而她的學業成績也很優異。她在大學裡選修外文，畢業後，放洋留學的同學不少，到洋機關工作或者替外國商人作秘書的人也很多。碧茵原來也想出國的，但是她的父母只有這麼一個女兒，捨不得她遠去，要求她先在國內做一年事。碧茵一向聽話，畢業後就開始在報上的人事小廣告中找尋出路。

有一次，有一家美商的貿易公司招考女秘書，碧茵就去報名。幾天以後她收到面試的通知，到了那家公司，她看見連她在內一共有十名少女去應試，其中還有一個是她的同班同學。聽說，報名的就有兩百多人，她們十個是最後的入圍者。碧茵一看，幾乎所有的入圍者都打扮得很時髦，個個濃妝豔抹，就像來參加選美似的。只有她依然是學生本色，連口紅也沒有擦。她想：假使老闆要以貌取人的話，她一定落選的。

入圍者一個個進去應試，又一個個出來，碧茵竟是最末一名進去。不過，她並不緊張，她並不太急於找工作，女秘書的工作她也不太熱衷，她之所以來應徵，只是想多汲取一些社會經驗而已。

在經理室裡，接見她的是一個年輕的外國男人。領她進去的中國女孩告訴她，這是馬丁先生，他就是這裡的經理。馬丁看起來頂多三十歲，一頭褐色的頭髮、灰色眼珠、瘦瘦的臉、薄薄的嘴唇，相當英俊，看起來就像銀幕上的好萊塢小生。

馬丁禮貌地請她坐下，問她一些她在應徵信上說過的話，碧茵很自然地回答了。然後，馬丁口授一封信，請碧茵打出來，她以最快的速度打完全信，結果一個錯字也沒有。馬丁似乎很滿意，微笑對她說：

「趙小姐，你的條件很好，我們很歡迎你能夠成為我們公司的一員。過幾天，我們會正式通知你的。」

說完了，馬丁站起來送客，碧茵說了聲「謝謝」，就走出去。過了兩天，她果然收到馬丁親自簽名的錄取通知，說她的考試成績是十人之冠，所以她已得到了這份工作，請她即日去報到。

這樣輕而易舉地找到了工作，碧茵反而有點躊躇，但是她的同學們都慫恿她去試試看，她就決定接受，先做一段時期再說。她是做馬丁的私人秘書，除了替他打信以外，就是接電話、管理檔案和安排約會；有時，有中國商人來談生意，她還要充當翻譯。工作很緊湊，但是不算太忙，而且很輕鬆，因為不需要花太多的腦筋，而且馬丁對她很客氣，很尊重，她對他也有好感。

轉眼，碧茵在這家公司已工作了幾個月。感恩節的前幾天，馬丁對碧茵說：

「碧翠絲（這是碧茵的英文名字），後天感恩節，有一位朋友請我吃飯，他要我帶一位女伴同去，你願意給我這份光榮嗎？」

「你要我做你的女伴？」碧茵張口結舌地問。她為他工作以來，只知道馬丁名叫狄克，是美國路易斯安那州的人，未婚，如此而已。此外，也還沒有接過女孩子打給他的電話；不過，這並不就表示他沒有女朋友呀！而他竟要我陪他出席友人的宴會。

「嗯！你願意嗎？」他的灰眼珠深深地看進她的雙眼裡。

「可是，你為甚麼不帶你的女朋友去呢？」她低著頭問。

「就是因為沒有才找你嘛！」

「她是在美國？」她故意的問。

「她？誰呀？」他也故作不解。

「你的女朋友不是在美國？」

「唉！你這個中國娃娃，為甚麼這樣多疑嘛？跟你說過沒有就是沒有，我在等著你這個中國娃娃陪我去哩！」馬丁的一隻手指輕輕的點在碧茵的鼻頭上，灰眼睛裹露出了欣賞的表情。

中國娃娃？碧茵頭一次聽見別人這樣稱呼她。她自知並不美，她有一雙單眼皮的小眼睛，鼻子和嘴巴也小小的，圓臉，身材瘦小，皮膚很白晰。在中國人眼裡，她是個平凡而不出眾的女孩，可能，在外國人看來，就像個中國娃娃吧？既然馬丁這樣鼓勵她，她對自己也就增加了幾分自信，於是，她大大方方地答應了他。

馬丁的那位朋友是位中年富商，他的家在陽明山上，當然備極豪華。赴宴的也都全是外商，他們的妻子或女友全都珠光寶氣的俗不可耐，並沒有刻意打扮的碧茵在那種場合中倒顯得十分清新。她流利的英語和得體的應對很贏得主人和宴客們的讚賞，他們也稱她為中國娃娃，這使得馬丁非常得意。送她回家時，他在車上對她說：

「碧翠絲，你來應試時，我第一眼看見了你就對自己說：『啊！這中國娃娃多可愛！』你知道嗎？今天晚上你給我增加了不少光彩哩！」

碧茵羞人答答地低著頭，她既不能用國語說「那裡那裡？」也不好意思用英語說「謝謝」。馬丁緩緩地把車子停在路旁，伸出右臂摟著她的腰，左手把她的臉扳過來，就吻了她。

「碧翠絲，我愛你！」他繼續用嘴唇輕吻著她的眼皮、鼻尖和下巴，喃喃地說：「你願意嫁給我嗎？」

碧茵整個人顫抖著。這太突然了！他是她的老闆，他對她雖然很不錯，但是從來不曾向她示過愛，為甚麼突然向她求婚呢？敢情他是喝醉了？不，她今晚跟他寸步不離，他並沒有喝多少酒，不可能喝醉的。

「達令，回答我呀！」因為她一直不開口，他又喃喃的催促著。

「馬丁先生，我不知道該怎麼回答你，我對你的認識太淺了。」她仍然低著頭說。

「哈哈！你還稱我馬丁先生？叫我狄克，達令。」他拿起她一隻手撫摸著。

「狄克。」她含羞地小聲的說。

「好，現在讓我介紹自己。我於一九四七年生於路易斯安那州的紐奧爾良，父親是一位銀行家，母親出身富家，外祖父是位大地主。我有五個兄弟姊妹，我小時候不怎麼愛讀書，所以讀到高中畢業就沒有上大學。我曾經參加過越戰，退伍回來就跟朋友們合做生意。前兩年，我們聽說在臺灣做生意好賺錢，所以我就到這裡來投資。現在，我的確賺到了錢，最近，父親從銀行退休，開了一家進出口公司，有意叫我回去幫忙，我一直拖延著不答應，因為我捨不得離開你。達令，讓我們馬上結婚，一起回去好嗎？」馬丁一手摟著碧茵，一手握著她的小手，一口氣說了這麼一大堆話！

碧茵含情脈脈的諦聽著。從來不曾交過男朋友的她，早已被他的熱吻所融化。現在，她知道了他是富家子，又沒有不良嗜好（她沒看見過他抽煙）。雖然沒有上過大學，但是有甚麼關係呢？有本事就行，如今他已是成功的商人呀！最打動她的心的還是最後兩句話，多少人夢寐以求的想出國，而我只要一點頭，不但可以出國，還可以成為美國公民。最近，馬丁的確收到許多家信，想來就是他父親催他回去。那麼，結婚、出國，都將是短期間的事了。

「狄克，你的父母會反對你娶一個異國女孩嗎？」她忽然想到了這個問題。

「當然不會，我已經這麼大了，我高興娶誰就娶誰，他們管不著的。達令，你是不是已經答應我了？」

「不，我還要考慮考慮，而且我還要徵求我父母的同意。」她說。

他嘆了一口氣說：「好吧！中國娃娃就是這樣麻煩，當然我不能強迫你答應的。你千萬不要拒絕我啊！」

他給她三天的時間去考慮。她根本沒有考慮，那個晚上她做了一夜西洋少奶奶的美夢：她住在一幢門口有著巨大圓柱的南方大廈裡，家裡僕役成群，她打扮成貴婦人的樣子，整天宴遊交際。第二天她公司放假，她就把馬丁向她求婚的事向父母徵求意見。兩老一聽，都嚇呆了：他們的獨女竟要嫁給一個彼此認識不深的外國人？趙先生明白現代青年的心理，他不能說反對，不過他也說了一番大道理，勸女兒對自己的終身大事要慎重考慮。碧茵表面答應，其實心中早已決定。

假期完畢，她去上班，馬丁一見了她，就問她「答案如何？」她含羞地默默一點頭，馬丁欣喜地大叫一聲，跳了起來，就在他的私人辦公室裡吻了她。

以後，她就帶他回去見父母，但是兩老都不會說英語靠著她的翻譯，也無法對馬丁作進一步的瞭解。

幾天以後，他們就去公證結婚，招待親友和同學們吃了一次茶點，到中南部旅行了幾天，回來就住在馬丁原來的住處。接著，他們忙忙碌碌的一面辦理結束業務，一面辦理出國手續，終於在第二年的春天離臺飛美。送女兒上機的時候，趙太太哭得淚人兒似的，趙先生也老淚頻揮。倒是碧茵不怎麼傷心，她雖然很愛她的父母，但是和丈夫比較起來，丈夫自然比他們重要。

這是半年多以前的事。

三

才到達紐奧爾良的梅仙特國際機場，碧茵就感到有點不對勁。沒有家人來接；上了計程車，馬丁更是吩咐司機開到旅館而不是回家。一路上，她無心欣賞異國風光，可是也不敢開口問。到了那間小小的旅館，等到一切都安頓好了，她這才怯怯地問：

「我們不回到家裡去？」

「家？你要跟我的父母住在一起？」馬丁面露詫異之色。

「不，我不是這個意思。我只是，我以為我們應該去看看你的雙親。」

「當然要去，讓我先打個電話告訴他們我們回來了。」

馬丁拿起話筒，撥了一個號碼。碧茵聽見接電話的是他母親。兩個人像普通朋友那樣閒聊，他離家已有兩年多，母子重逢，卻似乎沒有甚麼興奮的表現。這時，碧茵不免感到自己對美國人實在無法瞭解。最後，她聽見馬丁說：「好的，媽媽，我一定把她帶來。謝謝你。」他放下話筒，眉飛色舞地對她說：

「達令，媽媽今天晚上要請我們回去吃飯哩！等一會兒你打扮得漂亮一點吧！」

出國以前，趙太太心疼女兒，給她添置了大批衣服，所以，碧茵的行頭不少。既然丈夫叫她打扮得漂亮一點，她就挑了一件桃紅色的錦緞晚禮服穿上，還戴了一條水鑽項鍊和一副同樣的耳環。

他們到了馬丁的家時，碧茵編織了多時的美夢便立刻幻滅。它根本不是那種有著巨大圓柱的白色南方大廈，只是普普通通的舊式二層樓房，走進去，甚至聞到一股黴腐的氣息，甬道上的地毯已非常破舊。

馬丁先生夫婦都有很好看的外表，可是態度冷淡，對剛從國外回來的兒子和新媳婦，就像接待普通的友人。狄克的幾個兄弟姊妹也大都回家團聚，每個人都帶著自己的妻子或丈夫。那幾個女人，穿著十分隨便，看見碧茵盛裝赴宴，便都有點看不慣，頻頻交頭接耳的在議論著她。狄克的一個弟弟更大聲地說：

「狄克，你的妻子打扮得這麼高貴，要不是你釣到了一個有錢小姐就是你在臺灣發了大財了，對不對？」

「對！對！我們兄弟，一向就是你最有辦法，這次回來，可要提拔提拔我們呀！」另外一個也這樣說。

「你們不要開玩笑，我那有甚麼辦法呀？」狄克只是尷尬的笑著。

那一頓飯也吃得尷尬極了。菜式很簡單，只有一湯一菜一甜點。除了禮貌的招呼以外，沒有一個人跟碧茵說話，但是狄克的幾個兄弟姊妹卻不斷地互相取笑，鬧作一團。

飯後略坐，碧茵就暗暗示意叫狄克帶她離開。回到旅館，碧茵不敢說出馬丁家人對她太過冷淡的話，只是有點不安地問狄克：

「你父親不是要你回來幫忙生意嗎？為甚麼沒聽你們談到呢？」

「你忘記了我們是剛到的嗎？急甚麼？」狄克・馬丁不耐煩地回答。

往後的幾天裡，狄克天天往外跑，把碧茵一個人留在旅館裡，三餐都送到房間裡給她吃。她雖然已置身在紐奧爾良的鬧市中幾天，可是卻連紐奧爾良是甚麼樣子都不知道。

到了第四天的晚上，碧茵實在彆不住了。她對他說：

「狄克，帶我出去玩玩嘛！整天關在旅館裡，我快要悶死了。」

沒有人回答她。她抬頭看他，只見他一臉鐵青，那雙灰色的眼珠子充滿了恨意，模樣好不嚇人！

「狄克？」她怯怯地又叫了一聲。

「你還想玩？我們的生活馬上就發生問題了，而且，都是你害我的。」他狠狠地瞪著她說。

「為甚麼？」她駭然了。

「為甚麼？因為我娶了一個中國娃娃做老婆，我老頭就不肯把他的進出口公司交給我經營了。」

「難道你跟我結婚，事前沒有告訴他們？」她頭腦裡轟轟然的，似乎就要昏倒。

「我為甚麼要告訴他們？我又不是小孩子。本來，父親認為我是他幾個兒子中最能幹的一個，所以叫我回來幫忙，現在，他一看到你，又食言了。」

「狄克，你在臺灣結束業務，手裡不是還有一筆錢嗎？生活怎會成問題呢？」

「哦？你之所以肯嫁給我，以為我是個有錢大亨，是不是？告訴你吧！我在臺灣做生意的本錢都是向外祖父借的，現在，我回來了，我就得歸還他了。」

「我還有點錢。」碧茵又怯怯地說。她的父母不放心她遠嫁異國，臨走的時候，曾經塞了一千塊美金在她的皮包裡。「再說，我們可以找事做呀！狄克，不要擔心吧！」

「你，是個大學畢業生，又是個能幹的秘書，也許可以找到份工作。但是，我只是個高中畢業生，又沒有任何專長，誰會僱用我呢？」

「假使你認為我在此地可以找到職業，就由我出去工作好了。要是我能夠解決你的困難，我對你的歉疚也就減輕一些了。」碧茵誠心地說。

「到時候，你可不能嫌我吃軟飯啊！」狄克冷笑了一聲，他那張英俊的臉也現出了猙獰的表情，碧茵看了，不禁為之顫慄。

第二天狄克就帶她離開旅館，搬到一間破舊的公寓裡，並且立刻買回來幾份報紙，叫碧茵在人事分類廣告中去找合適的工作。碧茵圈了幾個徵求秘書的廣告給狄克挑選。狄克選了兩家地點比較近的，親自陪她去應徵。第一家規模頗大，但是他們不要外國人。第二家是個年老的法國律師，寫字間又破又舊，似乎一輩子也沒有生意。碧茵在大學時副修法文，能說幾句，老律師很高興，也不管她對法律毫無所知，就僱用了她。「不過，我們的待遇很低，委屈你了。」那位姓迪普的老律師最後又加了這一句。

來到異國，一出馬找工作就成功，碧茵高興得也不管薪水是多少，就答應迪普明天上班。離開那間陰暗狹小的辦公室，碧茵興高采烈地拖著在樓下等她的狄克嚷著要去慶祝，她請客。由於妻子找到了工作，狄克幾天以來陰陰沉沉的臉孔也開朗了。他領她去逛紐奧爾良聞名的法國區，到密西西比河畔去乘平底的豪華遊輪。晚上，他帶她到有脫衣舞表演的餐館裡喝香檳、吃海鮮，彷彿她是個女財神爺。

碧茵正式上班以後，日子便是一連串的忙碌與辛勞。迪普律師業務雖然不佳，但是碧茵的工作並不輕鬆。在辦公廳的時間內，總有忙不完的事。回到家裡，狄克往往是喝的醉醺醺地（自從回到美國，他就開始喝酒了）等著她，要跟她歪纏。她既要應付他，又要準備晚餐，收拾屋子。等到她把一切都整理好，一個人已累得倒在床上不能動彈。辛苦一點她是無所謂的，最令她難堪的是狄克變了，從前那個溫文爾雅的青年紳士變成了一個酒鬼，一天到晚難得有清醒的一刻，而她帶來的一點點私房錢已被他需索得不剩分文。

拿到第一週的週薪時，只有七十二元五角。啊！實在太少了，少得不像話。我，一個大學畢業生，就只值這麼一點點錢？碧茵頓時興起了一種屈辱之感。但是，幾分鐘以後就釋然了：少總比沒有好，這個數目，節省一點，還勉強可以維持兩個人起碼的生活。以後，要是狄克也有工作，生活不就可以改善了嗎？

她買了一瓶自己愛喝的紅酒和一隻炸雞回家去，準備跟狄克共享。狄克一看見她回來，就迫不及待地問她拿到薪水了沒有。他現在那副落魄、頹喪、卑賤、貪婪而又完全失去自尊的模樣，使得碧茵無法聯想到她從前的老闆馬丁先生。她默默地把那個裝著薄薄幾張鈔票的信封遞給他，一句話也不說。

「就這麼一點點？你是不是拿去用了？」狄克一面數鈔票，一面叫嚷著。

「就是這麼一點點，你不信，去問迪普先生好了。」她冷冷地說。

「我何必去問他？難道你們不能串通騙我？那條法國老色狼也不是好東西，說不定已在打你的主意了。而你，在我們還沒有結婚之前，就跟我睡過覺，難道你現在不能跟他？」

他緊緊地握著她的雙肩在搖撼著。「告訴我，有沒有？」

她用盡全力，伸出右手，在狄克的臉上重重地摑了一下。「你這個不是人的東西！」

「好呀！你敢打我？」狄克想不到碧茵居然敢打他，不禁惱羞成怒，立刻也還她一掌。碧茵白嫩的臉上就此露出五道紅色的指印。

這一夜，碧茵流淚流到天亮。現在，她已看清了狄克・馬丁的真面目，這個人是絕對不可以托終身的，我不如回臺灣去算了。可是，我能回去嗎？我到了美國還不到一個月，這麼快回去多丟人！我可不能讓親友們笑話。再說，父母都曾經反對過我嫁狄克，我又怎能回去讓他們為我操心呢？忍耐一個時期再說吧！

第二天，碧茵紅腫著雙眼，臉上帶著指痕去上班。迪普對她一向很親切，看見了碧茵的狼狽樣子，就慈祥地說：

「可憐的孩子！是不是馬丁欺負你了？」

除了狄克以外，迪普就是碧茵在此地唯一認識的人了。被他這一問，一陣委屈，忍不住一面哭一面把馬丁打她的事都原原本本地告訴了迪普。

「傻孩子，他這樣對待你，你不會跟他離婚嗎？」迪普說。「這一點，我倒可以幫你的忙。」

「謝謝你的好心，迪普先生，不過我們中國人是不大喜歡離婚的。」碧茵說的是真心話，她不願意離婚，她對她的狄克仍然有著愛意。

四

碧茵坐在電視機前，一手拿著一份三文治，有一口沒一口的咬著，眼睛注視著螢光幕上人物的一舉一動。現在正是電視節目的黃金擋口，連續劇（Soap Opera）的男主角正是碧茵的丈夫狄克・馬丁。狄克在半年前偶然在一個電視節目中客串了一角，憑著他英俊的儀表，竟被一個導演看中，邀他去試演，想不到居然很受觀眾歡迎。狄克反正賦閒，也就無可無不可的當起電視演員來。

自從狄克有了收入以後，他們的生活不再鬧窮，碧茵的薪水也可以自由運用；然而，她卻好像失去了丈夫，因為狄克難得在家。他每天都在午夜以後才回家，碧茵去上班時，他在睡覺，下班回家，他已外出；往往，他們一個星期都碰不到一次面，說不到一句話。現在，碧茵根本不必做飯。中午，到辦公廳附近的小店，吃一個漢堡包，喝一杯咖啡就解決了。晚上，反正只有一個人，她有時買一盒電視餐，放進烤箱裡熱一熱；有時，乾脆一份三文治就算數。螢光幕上的狄克多迷人呀！可惜他現在已不屬於她，他是屬於觀眾的，聽說有許多女孩子對他入迷哩！看到他跟女演員表演親熱鏡頭時，碧引難免會有酸溜溜的感覺。不過，她馬上又為自己開解：他是在演戲嘛！吃甚麼乾醋呢？自從他有了工作之後，就不再喝酒，對自己也不那麼粗暴了，他並沒有太多的缺點，我還挑剔甚麼呢？

一個星期日的中午，平常，狄克總在這個時候起床，然後立刻外出，今天，他醒過來，躺在那裡，並沒有馬上起來，那雙漂亮的灰眼珠一直望著碧茵，似乎欲言又止。

「碧翠絲，你過來，」終於，狄克拍拍床沿，叫碧茵坐在上面。「我──我有話跟你說。」

「達令，有甚麼事？」碧茵受寵若驚，一顆心竟然撲撲地跳個不停，她柔順地走到床邊坐下。

狄克坐了起來，上半身靠在枕上。「我把你帶到美國來，一直不能讓你過著快樂舒適的日子，這點我感到很抱歉。」他緩緩地說著。

「不，狄克，我不許你這樣說。」她伸手要掩住他的嘴，可是他把它推開了。

「碧翠絲，你還年輕，你不應該跟著一個沒有用的丈夫在異國受苦的。你為甚麼不回臺灣去呢？」

「你要我回去？那麼，你呢？」

「自從回到美國，我就發現我們的結合是錯誤的。我當時是被你中國娃娃的外表所迷惑，你，大約是跟一般中國女孩子一樣，想出洋想得迷了心竅吧？我們兩個人，從每一方面看來都是不能配合的，而我們竟錯誤地結為夫妻。我想：與其痛苦地拖下去，何不及早分開呢？碧翠絲，讓我們離婚吧！你只要答應我離婚，我負責你回臺灣的機票。」

狄克冷靜說著，碧茵簡直有點不相信自己的耳朵。這個冷血的人就是她所深深愛著的丈夫？他居然以為她是為了想出洋而嫁給他的？他又以為一張飛機票就可以了斷她對他的愛？

「不，狄克，我不要離婚，因為我愛你。」碧茵毫不考慮，毅然回答。

「何必這樣死心眼呢？碧翠絲，羅曼蒂克的時代已經過去了呀！」狄克面無表情，冷冷地說。

「達令，難道你不知道我有多愛你？除非我死了，我絕對不會離開你的。」她低頭揉弄著床單，熱淚忍不住湧滿了眼眶。

「要是我給你一筆錢呢？」狄克斜眼看著她。

「請你不要侮辱我，我不會為了錢而離婚的。」她心中勃然大怒，但是表面仍控制著。

「你是說，不論甚麼條件，你都不願離婚？」他也怒容滿面。

她頑強地點點頭。

「碧翠絲，你既然這樣不講道理；那麼，一切後果你都要自己負責啊！」狄克狠狠地瞪了她一眼，憤憤地說完了，就把她推開，從床上跳起來，到浴室去洗盥後，就穿衣出門去了。

碧茵一個人坐在房間裡默默地流著淚。狄克最後一句話並沒有把她嚇倒，她已打定主意不離婚，她也不願意在這種情形下回到臺灣的父母身邊。她決定逆來順受，接受命運的安排。這大半年來，她所受的苦已經夠了，她相信，再苦她也能夠忍受。

五

碧茵已有兩天沒到迪普律師事務所去上班，事前也沒有打電話去說明理由。這不像她的為人，碧翠絲從來不曾請過假，是個盡責的職員，怎會忽然不來呢？迪普越想越不對勁，打電話到她的公寓裡，沒有人接電話，再打電話到狄克工作的電視台，對方說狄克請了幾天假，他有事到紐約去了。那麼，他是不是帶著太太一同去呢？對不起，我不清楚，他沒提起過。迪普再打電話到他的公寓去，還是沒有人接。這就有點不對勁了，碧翠絲在這裡人地生疏，要不是跟著狄克去旅行，她會到那裡去呢？迪普是個資深律師，腦筋極為敏銳，立刻就想到了美國社會中層出不窮的種種可怕事件，她會不會遭到不測呢？一想到這一點，他馬上打電話給警局查問這兩天之內有沒有中國少女發生車禍或命案。警局回覆他沒有，他仍然不死心，當天晚上就到碧茵所住的公寓去，想確實知道她在不在家。

「馬丁先生出門去了，昨天早上我看見他提著個旅行包走出去的。」住在碧茵隔壁的一個老婦人對迪普說。

迪普來到這幢破舊的公寓，在4C的門上敲了一陣，沒有人答應，所以他又去敲4B的門。

「馬丁太太沒有跟他一起去？」迪普問。

「沒有，他們很少一起外出的。」老婦人說。

「你跟馬丁太太熟嗎？」

「不，她每天一早上班去，回來就關在房間裡，我跟她話都沒有說過一句，不過我知道她是好女孩。」

「今天，你看見她出去或者回來嗎？」

「沒有。」

「打擾你了，夫人，假使你看見馬丁先生或太太回來，請你告訴他們打個電話給迪普先生好嗎？謝謝你。」迪普禮貌地向老婦人一鞠躬，懷著既憂慮而又疑惑的心情離去。

到了第三天，仍然沒有碧茵的消息。迪普沉不住氣，又打電話到警局查問有沒有車禍或者命案，回答仍是沒有。他跟局長頗有交情，就把碧茵疑似失蹤的經過說了出來，請局長派一名警員跟他一起去把馬丁公寓的房門打開，以防萬一。

局長答應了他的請求，派人陪同迪普到了馬丁的公寓，他們先向公寓裡其他的房客查問，大家都說已有好幾天沒看到他們出入，於是，派來的警察就把4C的房門打開。門一打開，就有一股怪味衝出來，房間裡一片零亂，像是被強盜洗劫過。床上躺著一個人，臉部被一個枕頭蓋住。警察把枕頭拉開，是個年輕的東方女子，早已氣絕而僵硬。迪普先生的猜疑沒有錯，碧茵是遇害了，她是被枕頭悶死的。從現場被翻得亂七八糟的情形看來，顯然是竊賊的傑作。這件案件，用不著迪普操心。然而，迪普一則心疼自己這名盡職的秘書的慘死；二來，他聽見碧茵說過馬丁從前把她薪水全部拿走並且打她的事，不免疑心到馬丁身上去。再來，他認為像馬丁這種住在破舊公寓中的人，似乎不至於引起竊賊的覬覦；而且，他再向公寓中其他的人詢問，最近三天都沒有聽見尖叫或者掙扎的聲音，依據常理，除非遇到對方阻擋或拒抗，一般竊賊很少動手殺人的。

可是，馬丁又不在本市，他是不是真的到紐約去了呢？看來，這件無頭公案只有等他回來才能解決了。

紐奧爾良市的報紙把這件慘案登在第一版的頭題，但是，他們把死者姓名寫為碧翠絲・馬丁，只說她是中國人，並沒有說明來自臺灣。所以，當這則電訊在臺灣報紙的社會版以兩欄題出現時，並沒有引起碧茵的父母的注意。而且，那已經是趙太太夢見碧茵以後的第四天的事了。

同一天，碧茵有一個留在臺灣最要好的同學李敏看到了這則電訊。碧茵的英文名字她是知道的，她的丈夫姓馬丁她也知道的，同時也知道碧茵婚後隨夫到紐奧爾良居住，她還收到過碧茵從那邊寄來的信哩！我的天！這個碧翠絲・馬丁千萬不要就是碧茵吧！為了想查證這件事，李敏特地打越洋電話到紐奧爾良的中華民國領事館去，請他們代查。幾個鐘頭以後，領事館回覆她的電話，證實了碧翠絲・馬丁就是趙碧茵。

李敏來到趙家，流著淚把這個噩耗告訴了碧茵的父母。趙太太一聽便昏了過去，趙先生卻是老淚頻揮，連呼「冤孽，我本來就不答應她嫁給那個美國佬的，她不聽話，果然落得這個悲慘的下場！」

六

碧茵死訊見報的第二天，狄克・馬丁從紐約回到紐奧爾良。他直接到警局去，衝進兇殺組的辦公所，隨便抓了一個警員，就嚎啕大哭的說：

「報上說，有人殺了我的小碧翠絲了，他是誰？你們破案了沒有？」

主辦這件案件的巡官史密斯認出他就是馬丁，走過來按他坐下，對他說：「馬丁先生，請你冷靜下來。我們正等著你回來呢！」

「為甚麼要等我？我人遠在紐約，又不知情，我還是看了報才趕回來的。」馬丁一聽，立刻不高興起來。

「我們想知道，你的公寓到底被偷了一些甚麼東西？還有，你和馬丁太太有沒有仇家？」史密斯一雙炯炯的藍眼睛定定地注視著馬丁。

「沒有，我們沒有仇家。大概是小偷謀財害命吧？」馬丁急急地回答。

「你怎能確定是小偷幹的呢？」

「報上不是也這樣推測嗎？」馬丁垂著頭，俯視著自己的鞋尖。

「馬丁先生，你說你一下飛機就到這裡來，那麼，現在我們陪你到你的公寓去清點一下損失的財物好嗎？到現在為止，我們還把現場保持著原來的樣子等你回來哩！」

「不，我心裡難過得很，損失的東西不想追究了，只求你們把兇手查出來。」

「那麼，你不想看看你妻子的遺體？」史密斯斜眼看著馬丁。

「她在那裡？」他的臉色一陣蒼白。

「在醫院的太平間裡，也等著你回來下葬呀！」

「噢！我的天！我的碧翠絲為甚麼會有這樣的遭遇？」馬丁以手掩面，顯得非常激動。

「警官，我現在心緒很亂，讓我回去休息一下，一切等明天再說好嗎？」

「你的公寓目前已不能住人，你要到那裡去住呢？」史密斯問。

「我——我可以到我父母那裡去。」馬丁訥訥地說。

「當然！馬丁先生，那麼，請你明天再來一趟吧！」

馬丁點點頭，就走了出去。史密斯向他的一個部下使使眼色，叫他去跟蹤馬丁。

馬丁走出警局，坐上汽車就往西駛去。那名便衣警員也開車遠遠跟在後面。馬丁的汽車在一條很幽靜的街道的一幢高級住宅前停下來，走了進去。警員跟著就在汽車裡面換了電信局職員的制服，走過去按門鈴。一個妖裡妖氣的中年女人出來開門，噘著嘴不高興地問他幹甚麼。警員說是電信局來檢查線路。女人讓他進去，他聽見馬丁在臥房裡問：

「露西，那是誰？」

「是電信局的職員，甜心。」露西回答。

警員在屋子裡裝模作樣的東摸摸西摸摸，偷偷在一張桌子下面裝了竊聽器，然後離開。同時，在警局裡，史密斯便清清楚楚地聽到了馬丁和露西的一番對話：

「露西，我想我們遭遇到麻煩了。」這是馬丁的聲音。

「是那些警察找你麻煩？」是露西的聲音。

「那個姓史密斯的警官好像有點懷疑的樣子，他要我去看現場，又要我去看碧翠絲的屍體，我都沒法拖延下去。但是，他們一定還會找我去的。蜜糖，你說我該怎麼辦？」

「那你就去嘛！去了他們才不會懷疑你。」

「可是我怕，我不敢回到那個房間去，更不敢看到碧翠絲的屍體，我忘不了我用枕頭悶住她臉時她掙扎的樣子。」

「勇敢一點嘛！甜心。哦！對了，你要是真的不敢看，你就閉著眼睛，假裝昏倒好了。」

「嗯！還是你有一手。我的愛人，你知道嗎？假使沒有你，我真不知怎麼辦哩！」

「你放心，我會永遠在你身邊的。我們是彼此需要，是不是？甜心。」聽完了這一番對話，史密斯就拍著膝蓋對他的部下說：

「行了，憑著那幾句話，就可以證明馬丁殺妻了。去！去把馬丁抓來。女人是幫兇，也要抓！」

原來，由於迪普跟他說過馬丁與他的中國籍妻子感情不睦的事以後，史密斯對馬丁就起了疑心。他先派人到機場查過案發當天所有飛往紐約的班機都沒有狄克‧馬丁這個人，就更加確信馬丁是故佈疑陣。他既然以離家作為不在現場的證據，那麼，事後他一定會出現的。史密斯很有信心的在等待張網捕魚。

果然，一切都如史密斯所料，馬丁出現了，而且他心懷鬼胎，行跡可疑。史密斯這一著派人跟蹤與竊聽，也立刻獲得了有力的證據。

馬丁和露西被人請到警局，史密斯先問馬丁要從紐約飛回紐奧爾良的機票，他拿不出來，說是丟掉了。問他乘坐那一家航空公司的那一班飛機，他信口胡扯，史密斯一通電話打過去，謊言立刻揭穿。馬丁還要狡賴，史密斯把竊聽的錄音放給他聽，他這才啞口無言，俯首認罪。

原來，露西是個過氣的電視明星，因為曾經嫁過一個富有的老頭而接收了一大筆遺產。她由於手邊有錢，就專門收集年輕漂亮的男子為面首，馬丁一開始在電視機上出現，她就驚為天人，想辦法跟他認識，向他大灌迷湯。馬丁由於窮極無聊，為了她的錢，當然就一拍即合。又為了想和露西結婚，便想除去碧茵。他假裝到紐約去，卻在當天深夜潛回自己的公寓，用枕頭把碧茵悶死，又把房間翻亂，以擾亂警方的注意。這一切，都是露西教他的。

聽完了這個泯滅天良的殺妻故事，史密斯搖搖頭，語重心長地對露西說：

「夫人，你今天唆使這個男人殺死他的妻子來跟你結婚，難道你不怕有一天別的女人也會叫他來殺死你？」

露西低頭啜泣著，沒有回答。眼淚把她眼邊黑色的眼線沖洗下來，變成了黑色的淚水。

馬丁呆呆地望著窗外的晴空，心中不斷地想起在臺灣時快樂的日子，還有那個小巧可愛的中國娃娃碧翠絲。但是，他後悔已經太遲了。

七

自從知道愛女在異國被小偷殺害以後，趙太太便病倒了，她受不了這次重大的打擊與刺激，神智已有點不清，整天躺在床上喃喃地唸著碧茵的名字。趙先生也是一頭黑髮突然間變白了，人瘦得不像樣，兩眼失神，經常一兩天不說話。

這樣的一個家庭，本來就已夠淒慘的了。這一天，他們又收到一封從紐奧爾良寄來的信，發信人姓迪普。信內他說明是碧茵的老闆，對碧茵不幸的遭遇感到非常悲痛，特地向二老敬致慰問之忱。信上附一份剪報，趙先生不看猶可，一看，也幾乎昏倒了，原來殺害他女兒的不是小偷，而是他的洋女婿馬丁。

「冤孽！冤孽！」他喃喃的重複說著這兩個字。現在，他想起了他妻子那個可怕的夢了，那是他的愛女碧茵魂兮歸來，而他竟不相信，那是何等重大的錯誤！這封信，他決定不讓他妻子知道了。她怎能再受一次打擊呢？

愛情遊戲

在那間足足有三十幾坪大，用褐和綠兩色裝潢的客廳裡，主客十一人分別在一組深草綠的和一組淺褐色的沙發上。有人低頭啜飲著杯中的飲料；有人用拘謹的姿態抽著香煙；也有人正襟危坐，甚麼也不做。只有主人伍先生不時陪著笑臉，跟坐在他對面的主客趙大為說一兩句：「臺灣今年好像特別熱，趙先生回來還習慣吧？」之類的話。

女主人伍太太在陪兩位女賓談論著今夏流行的時裝。她手腕上雖然戴著一隻時髦的名牌女錶，但是卻不時抬頭去看牆上的電鐘。當她看到第二十回，而時鐘的指針已指向七點半時，她站起來走到她丈夫的身後，小聲的說：「別等了，已經過了半個鐘頭，客人恐怕肚子餓了，我們就開始好不好？」

伍先生微微一點頭，對趙大為說：「真對不起！要您久等。我那個女兒太不像話，以後要好好管教她才行。」

「那裡的話？」趙大為回答說，面上卻是沒有半點表情。

伍先生站起來，對大家說：「諸位，請入席吧！」然後又對趙大為說了聲「請！」，就領他走進飯廳。

中間有著轉板的大圓桌上已擺好了名牌，所以賓客們無須推讓。趙大為是主客，他的名牌放在上首，他右邊的名牌寫著「伍思蓮小姐」，右邊是一位太太。其餘的賓客座位都按照洋規矩一男一女的分開坐，主人夫婦坐在下首。

大家坐定以後，伍先生舉起酒杯對他的客人說：「我們今晚為新近回國的趙博士洗塵，本來已經吩咐小女思蓮一定要作陪的。她到現在還沒有回來，大概是有甚麼事耽擱。小孩子不懂事，希望諸位原諒她！現在，我先敬諸位。」

大家的酒杯還沒有碰到唇邊，忽然聽見有人衝進飯廳大聲地說：「誰是小孩子？誰又不懂事嘛？」

每個人的手都停在半空中，只見一個身材瘦高，穿著入時，並不十分年輕，起碼已經有廿六七歲的女郎，衝到伍先生背後，用撒嬌的聲調說：「爸爸，你又在背後說我壞話了。」

「你可回來啦！你知道現在幾點嗎？」伍太太望著女兒，喃喃地說。

伍先生卻立刻站起來，攬著女兒的纖腰，眉開眼笑的說：「孩子，你回來得正好！來，我給你介紹。」他把女兒牽到桌子的另一頭。「這位是趙大為傅士。趙博士，這就是小女思蓮。」

趙大為站起來跟伍思蓮握手，並且為她拉開椅子，伍思蓮坐了下來，卻沒有說一聲「謝謝」。

「思蓮，趙博士是一位太空科學家，在美國太空總署擔任工程師，他的研究，很受美國人重視哩！」伍先生說。

伍思蓮輕輕的「嗯」了一下，還是不說話。

「伍小姐現在在那裡得意？」趙大為大概是聽別人的誇讚聽得太多，變得麻木了，居然忘記了中國人應有的謙虛，反而冒冒昧昧地向伍思蓮發問。

「得意？啊！我從來沒有出去做過事。是我爸爸不讓我出去的，他說我們家又不缺那一點點錢，幹嘛要去做別人的夥計或者下屬。爸爸，你是不是這樣說過？」

伍先生的臉上一陣紅一陣白的，只好裝作沒有聽見，舉起酒杯來又向眾人敬酒。

一頓飯下來，伍思蓮既不向她父親的貴賓趙博士敬酒，也沒有跟他說過一句話，反而跟坐在她下首的一位名建築師有說有笑。趙大為雖然臉上始終帶著禮貌的微笑；可是在座的人都看得出他已滿臉不自在，他的微笑是僵硬而不自然的。

散席以後，伍思蓮立刻躲進自己的房間裡，準備入浴，但是她母親卻緊緊跟著進來。

「思蓮，我問你，你這是什麼意思？」伍太太坐在沙發上，注視著女兒正在脫下她的褲襪，露出一雙白皙而修長的大腿，現在正赤腳踩在地毯上。

「我是甚麼意思？媽，我才不懂你的意思。」伍思蓮一面說一面把一頭長髮攏到頭頂。

「你怎麼可以那樣對待趙博士？你知道不知道你爸爸費了多大力量才請得到他？人家忙得很哪！」

「那關我甚麼事？誰叫爸爸請他嘛？」

「關你甚麼事？虧你說得出口！爸爸和我是怎樣的關心你的終身大事，你知道嗎？像趙博士這樣的人才，點起燈籠都沒處找呀！」

「誰叫你們去找？我說過，我伍思蓮即使一輩子嫁不出去，也不要任何人給我介紹，包括你們在內。我再提醒你一次：要找丈夫的是我而不是你們，所以請你們不要費心，更不要把你們看中的人當作是我的標準。現在，我要洗澡了，對不起！親愛的媽媽！」

一陣旋風似的，伍思蓮已走進浴室，砰的一聲把門關上，剩下伍太太愣愣地坐在那裡。

一面享受著冷水淋浴的清涼感，伍思蓮不自覺地展露出一個勝利的微笑。可憐的爸爸媽媽，你們何苦白費心機呢？誰叫你們生出這樣一個叛逆的女兒、下賤的女兒？她根本不配作一個千金小姐，她也討厭作淑女；因此，她心目中的白馬王子也不會是回國學人、工程師、銀行家之流。

可憐的爸爸媽媽，你們還不知道，你們的女兒已擁有一個世界上最最可愛的男人了，誰希罕那個甚麼博士？

＊　＊

才不過一個多鐘頭以前，她還在王飛的懷抱裡。七點都已經過了，他還不放她走。

「我發現你已經是第三次看錶了。怎麼？急著要回去相親？」王飛歪著嘴角，他的微笑帶著點兒邪惡。

「死相！誰跟他相親？只是爸爸要我作陪，我不能不回去呀！」她愛嬌地捶著他的胸膛。

「呦！他，說得好親熱！他是誰呀？」

「我不是告訴過你了嗎？就是那個姓趙的留美博士，是爸爸媽媽看中他要我去見見面的。你知道，我不能不敷衍敷衍，否則爸爸媽媽知道了我們的事，斷絕了我的經濟支援，那怎麼辦？」

「這樣說，我就永遠只能做你的地下情人，見不得天日嘍？」

「誰說的？你不是說過等你升了大副，收入好一點，我們就可以結婚？我早已成年，爸爸媽媽已經管不著我了。」

「我只怕，你被別人搶去，萬一你看中了那個博士呢？」他把她摟緊一點。

「你放心，世界上還會有別的男人能像你這樣打動我的心嗎？你想：我這種人怎會看得上書呆子型的男人的？」

「那可不一定。說不定他也長得很英俊；再加上他的學問與身分，我這一個海員算老幾呀？」

「我不跟你辯，事實自然會證明。明天一早我就來告訴你他長得有多醜好不好？」

「好吧！放你回去，罰你明天來替我洗襪子。」他重重地吻了她一下，放開了她。

一想起跟王飛在一起的甜蜜與刺激，伍思蓮的臉上就泛起了一層又一層的笑意。她的雙手在自己的身體上輕輕地慢慢地揉著，不禁想起了兩個多月以前跟他認識的經過。

她跟一些朋友在夜總會裡吃晚飯。她喜愛交際，朋友一向很多，都是家裡有點錢的青年男女，三教九流都有。這一夜，在座的有幾個是朋友的朋友，她跟他們根本不熟。不過，那有甚麼關係呢？大家都是志趣相投的年輕人，一起玩一次就熟了。其中有一個女的，長相很妖冶，有點風塵味。

朋友向她介紹是蔡小姐，後來又悄悄告訴她此人是某大亨的三姨太，舞女出身。「是個富婆啊！你注意一下，她手上的鑽戒。」那個朋友說。

飯吃到一半，臺上的節目也剛好休息時，忽然有一個男人從遠處的桌子走過來向蔡小姐招呼，他用英文稱她為瑪莎。蔡小姐立刻愛嬌地伸出纖纖玉手和他相握，一面嬌呼：「好久不見了，你從那裡冒出來的？快坐下，我把我的朋友介紹給你。」她笑得眼睛彎彎的，滿臉都洋溢著喜悅之情。

蔡小姐拉他在她身旁坐下，真的把全桌人一個個為他介紹，到了伍思蓮，那個男人用很迅速的眼光瞄了她一下，微微露出了讚賞的表情，使得她心中一震。

這個大約卅來歲的男人有著非常出眾的儀表。剛才他站著時，大約有六呎高，肩膀寬寬的，一副體育家的身材。現在，面對面的坐著，伍思蓮更看清楚他黝黑的臉上有著希臘雕像般的五官：濃眉、深邃的大眼、挺直的鼻子、薄薄的緊抿著的嘴唇，而最吸引她的，還是他那副傲岸而不羈的神色，她似乎不曾在別人身上看見過。

「這位是王飛先生，航海家！」最後，蔡小姐才把這位不速之客介紹給大家。

哦！原來是個四海為家的人，怪不得顯得有點與眾不同啦！伍思蓮忍不住多看他兩眼。

「蔡小姐好說！航海家我不敢當，我只是一個Sailor，水手而已！」王飛微微一笑，露出了整齊而潔白的牙齒。

「喲！你幹嘛這樣客氣呀？」蔡小姐親熱地打了他一下。「水手先生，甚麼時候回來的？最近到過些甚麼地方呀？」

「剛回來沒有幾天，從地中海回來。我們的船這一次是走希臘、義大利、法國和西班牙。」

「哇！不得了！聽說拉丁人都很熱情，你到這些地方，豈非把那些妞兒都迷死了？」蔡小姐又大呼小叫的說。伍思蓮的朋友告訴過她，蔡瑪莎還是專科畢業的。所以，她說話時雖然表情太誇張，但是還不算太沒有內容。

「那是她們的事，不過，我還是認為我們中國的女孩子是全世界最可愛的。」王飛淡淡一笑，平靜地說。他說話的時候眼睛望著伍思蓮，而蔡瑪莎卻高興得把身體靠到他身上去，還笑罵了一句：

「你的嘴巴塗了蜜汁呀？說話這麼甜！」

這一頓飯，因為有了王飛的加入而顯得更熱鬧。他雖然說話不多，可是一開口就非常風趣。他學義大利人說話時的手勢，他描述在西班牙看鬥牛的緊張刺激，把一桌人的注意力都從舞臺拉到他身上了。

吃完飯，大家站起來要離去時，王飛走近伍思蓮身邊，對她說：

「令尊的大名我久仰了，今晚認識你真是幸運！」

伍思蓮錯愕地望著他，他怎會知道的？

「你的一位朋友告訴我的。你知道嗎？我在高中時對建築非常有興趣，當時就立下決心將來要像令尊那樣成為一位偉大的建築師。不幸，我沒有考上大專聯招，因此，這個志願也就落了空。」

王飛說到這裡，蔡瑪莎走過來挽著他的臂膀把他拉走了。站在伍思蓮旁邊的一個朋友悄悄告訴她：

「他們是舊情人，準是鴛夢重溫去了。」

海員與舞女、姨太太，這不是很合適的安排嗎？她望著王飛壯碩的背影，輕輕嘆了一口氣，覺得自己的身分——名建築師、著名工程公司董事長女兒——真是十分可恨。

第二天午睡過後，她正在懶洋洋地斜躺在沙發上看報紙。她父親是不回家吃中飯的，母親最近不在家，她跟她的闊太太朋友們出國旅行去了。從小，伍思蓮在家裡就過著孤寂的生活。父親一向是大忙人，難得在家。偶然一天早一點回家，一進門就會大呼小叫的找他的「小蓮蓮」。找到了，抱起來吻了又吻，然後就還給保母，以後，可能要再等一個禮拜或者十天才會再出現這種鏡頭。

母親呢？作為一個年輕貌美的富家太太，誰又願意整天關在家裡？她跟現在的伍思蓮一樣，也有許多朋友，當然，她所交的都是女朋友。她加入一些上流社會的社團，跟那些貴婦人們一起打牌、喝下午茶、上美容院、逛委託行、看畫展、舉行義賣，她也忙得很。不過，她並沒有忘記女兒，幾乎每次回家都會給她帶來新的衣服和玩具。從嬰兒期開始，伍思蓮衣櫥中的衣服就已穿不完。

他們愛他們的女兒嗎？當然愛，她是他們的獨生女，她也是他們的希望。但是，他們愛的方式錯誤了，伍思蓮懂事以後，便認為她的父母根本不愛她。她經常一個人吃飯，也經常一個人守著那幢布置得堂皇富麗的屋子。現在她已經二十七歲，情形依然沒有改變。

電話鈴響了，傭人接聽了之後，走到她身邊對她說：

「小姐，你的電話！」

「伍思蓮！」她懶懶地走到電話機旁，拿起話筒，習慣性報上自己的名字。

「伍小姐，你好！」話筒那頭傳過來一陣低沉而有磁性的男人聲音。「我是王飛，我們昨天晚上在香檳夜總會見過面的。」

是他！太意外了！他打電話給我做甚麼？

「王先生，有甚麼指教？」她的手和聲音都有點發抖，不過她還是力持鎮靜。「對了，你怎麼會知道我的電話號碼？」

「那還不簡單？大名鼎鼎的公館，當然一問就知道。」

「你問昨天晚上的那些人？」

「我何必去問他們？我只要打電話到令尊的公司去問他的女秘書，我說我是你大學裡的同學，剛從歐洲回來，想來看你，她便乖乖地把地址和電話都告訴我了，現在，我已到了你們的巷口，我可以來拜訪你嗎？」

騙子！惡棍！原來不是好東西！我怎能讓你來？爸爸媽媽要是知道我居然在外面交上了水手，不把我關起來才怪。不！不能答應他！

「對不起！我現在沒空！」

「那麼，晚上有空嗎？我請吃飯好不好？」

「晚上也沒空！」

「既然這樣，那我以後再來拜訪好了！再見！」

放下電話，伍思蓮的心裡很煩躁。我為甚麼不能跟水手做朋友？水手又有甚麼不好？何況，王飛斯斯文文的，根本不像個水手？一想到王飛希臘雕像的五官和體育家似的身體，伍思蓮就後悔不該拒絕他。

放下電話遠不到五分鐘，傭人進來說有一位先生找她，她問是誰，用人說姓王，個子高高大大的。她驚疑不定地走到客廳，正悠閒地坐在那裡的，不是王飛是誰？

今天他穿得很正式，一套淺灰色的夏裝、一條淺綠色底有著白色碎花的領帶、一雙白皮鞋，把他襯托得像個年輕的外交官。她本來想怒叱他怎可以冒昧來訪的，一則礙於傭人在旁，一則也實在被他的外形吸引，就將錯就錯的微笑著向他伸出手。

「啊！是王先生，請坐！」

等傭人進去拿飲料，她卻沉著臉說：

「你只能夠坐十分鐘，我馬上有事出去，知道嗎？」

「那我陪你一道走不好嗎？」他笑嘻嘻地說。

「不行！請你放尊重一點！」

傭人捧了兩杯冷飲進來，她乘機對傭人說：

「吩咐老張備車，我等會兒就要出去。」傭人退了下去。

「反正你也要出去，讓我搭個便車如何？」他依然笑嘻嘻地問，一雙如炬的目光同時也在她全身各處遊弋。

她被他看得發慌，就別過臉看著窗外說：「不可以，我還要去接我的朋友。」

「我不會妨礙你的，我只坐到大馬路上就下車。」她實在被他看得心慌意亂，只好答應了他。「不過，不許賴皮啊！」她又補充了一句。

她留下他一個人坐在客廳裡，自己進房間在換衣服。

不知道是不是基於一種不服輸的心理，伍思蓮今天也加意打扮了一下。她的皮膚很細很白，一向不怎麼使用化妝品，此刻也只是畫了眼線，塗了淡淡的眼影和口紅，整個人就顯得神采奕奕。她挑了一件純白的薄紗洋裝穿上，脖子上戴上一串五彩木珠的項鍊，這使得她看來既時髦而又女人味十足。打扮完畢，她對著鏡子滿意地一笑，然後推門出去。

她一出現在客廳，從王飛的雙眸中，就知道自己打扮的成功。故意不容他有巴結的機會，她幾乎是看也不看他就說：

「對不起！王先生，我們走吧！」

王飛站起來，走到她身邊，低下頭悄聲的說：

「小姐，你太美了，美得使我沒有辦法離開你了。」

她不理他，逕自走出屋子。他跟在後面，看到了停在門外的米色林肯轎車，連連稱讚：「好漂亮的車子！」

「這不是我的，是我和我媽共用的。今天我媽不用，才輪到我。」她很小心的不讓他知道母親出國。

她鑽進車裡，他也跟著坐進去。

她吩咐司機：「到仁愛路陳小姐那裡。」

車子開到大馬路上，她轉過頭問他要在那裡下車，他說再過去一點點。過了兩個馬路口他還沒有下車的意思，她又再問，他笑嘻嘻地說到了他要下車的地方他自然就下。

眼看陳小姐的家就快到了，她轉過頭去看他，想用詢問的眼光問他到底要賴到甚麼時候；但是，一接觸到他的眼神，她就全身酥軟，再也無法說出趕他下車的話。

原來他也在偷看她的側影。在他那雙深深的、黑亮的雙眸裡，蕩漾著熱情與陶醉，彷彿是在欣賞一件他心愛的完美的藝術品。

她臉紅了，一顆心也突突地跳個不停。

車子到了陳小姐的巷口，伍思蓮吩咐司機停下來，並且叫他回去，不必來接她。「我也許跟陳小姐到別的地方玩，晚上不回家吃飯了。」

「下去吧！到了！」她對王飛說。

王飛一笑，走下車子，站在門邊，等到她出來時，就非常紳士的去扶她。

她領先走進巷子，他跟在後面。聽見老張把車子開走了，她就對他說：

「幹嘛還跟著我嘛？你不是說要搭便車嗎？」

「本來是的，可是你的美吸引了我，我再也無法離開你了。」他又低下頭深情地注視著她。

她轉過身來往巷口走。

「少貧嘴！我美不美自己知道。二十幾歲的人了，甜言蜜語是騙不到的！」她說。

「怎麼？不去找朋友了？」

「你這樣窮跟著，我怎麼去嘛？」

「那你為甚麼要在這裡下車？」

「要擺脫老張呀！我不想自己的一舉一動通通被他知道。」

「好極了！我一眼就知道你是一個有個性有主張的女孩子。現在，你既然自由了，讓我提供你下半天玩樂的節目好嗎？」

她不說話，他知道她默許了。他注視了她一會兒說：

「今天，我們都穿得太整齊太正式了，看來只好在都市裡玩。現在，我們去喝咖啡，然後去吃神戶牛排，晚上嘛？跳舞！贊成不贊成？」

「不贊成又怎麼辦？反正我已跟老張說過不回去吃飯，現在已無家可歸了。」她雙手一攤的說。

他大笑，很自然地伸手過來攬著她的腰，她也笑得花枝亂顫的。現在，他們已是一對老朋友了。

他們坐上一部計程車，到中山北路一家很講究情調的咖啡室去。兩個人都要了咖啡，王飛喝的是黑咖啡，伍思蓮則用調匙慢慢地攪拌著放進去的兩顆方糖。

在幽暗的燈光下，王飛雕像似的五官看不清了，可是他的黑眼卻仍然閃閃有光。伍思蓮含情脈脈地望看他，頗有點為自己無意獲得這樣英俊體面的男友而慶幸（跟他一比，以前那幾個簡直是醜八怪啊！）。忽然，一陣香風飄來，一個體態玲瓏的長髮女郎從他的座位走過，王飛的視線便立刻從伍思蓮臉上移到那女郎的身上去。

一絲輕微的妒意從胸臆中升起，伍思蓮突然想到昨天晚上蔡瑪莎跟王飛的親熱情形。

「啊！對了！王先生，你的瑪莎小姐今天怎會放你假的？假使她看見你和我在這裡喝咖啡，不打破醋缸才怪啊！」心中一不痛快，她就忍不住要說了出來。

「唉！我們玩得好好的，提這個女人幹嘛？」他的濃眉皺了起來。

「她是你的老相好吧？」她柔聲地問。

「是她自作多情，我才瞧不起這種風塵味十足的女人！」他歪著嘴角，做出不屑的表情。

「可是她很漂亮啊！」她故意逗他。

「跟你一比，她就是烏鴉了！」他又用深情的眼睛望著她。

她知道自己不算美，過去的幾個男友也沒有怎樣稱讚過她。但是，她個子高，有著模特兒的身材，皮膚白，大眼闊嘴，打扮起來，也很出色。再經過王飛一次又一次的讚美，她的自信心便增強起來，此刻，也有點飄飄然的感覺。

「死相！油嘴！」她從心底樂起來，嘴上卻是笑罵。

「不是蓋的，我可是誠心誠意的啊！」他舉起右手，手肘擱在桌面，手心向著她像是在宣誓的樣子。

「告訴我，你是怎會做起海員來的？」她忽然想起又問。

「我昨天晚上不是告訴過你了嗎？沒有考上大學，父母對我失望，我對自己也失望，為了逃避現實，一氣之下，我就上了船。一晃眼十幾年過去，換了幾條船，混來混去還是個二副，實在差勁透了。」

「也不算太差勁呀！兩人之下，萬人之上。欸！告訴我，海上的生活是不是很刺激？你去過多少地方？」

「刺激？那得看你從那一個角度看。我去過的地方也真不少，世界上著名的港口我幾乎都去過。不過，看得太多，對一切也就覺得無味了。」

一面啜飲著咖啡，王飛一面娓娓地談著他的海上見聞。他似乎懂得很多，在說話的時候還常常夾雜著英文、法文、德文、西班牙和日文的單字。伍思蓮有些聽得懂，有些聽不懂，唯其不懂，所以就對他越發崇拜。

從咖啡室走出來，她覺得對他已認識很深了。同時，也覺得跟這樣漂亮的男人在一起很夠面子，吃完牛排以後，她主張在街上散步一會兒才去跳舞。此刻，她很希望碰到熟人。不過，她希望能向人介紹這是王船長。

跳舞的時候，她又發現他舞藝純熟，而且是一個很溫文有禮的舞伴。在他的臂彎中，她享受到從來不曾有過的愉快，也真正陶醉了兩個鐘頭。

回憶到這裡，伍思蓮不覺閉著雙目，快樂地哼起一首舞曲的旋律來。

* *

算起來，王飛已是她第五任男友了。

在大學裡，念歷史的她是校中幾個鋒頭甚健的女生之一。她雖然不算漂亮，可是個子高，會打扮，個性又活潑，唱歌、跳舞、打球、游泳無所不精。最重要的，她父親是個名人——萬國工程公司的董事長，她經常可以在家裡舉行舞會招待同學，在學校裡她也是請客請得最慷慨的一個。

很多男同學追求她，她卻只看中電機系的助教杜平康。杜平康人長得很帥，也很受系裡重視，就是家裡環境差一點。伍思蓮想：那有甚麼關係？我又不靠他養，將來，爸爸給我的嫁妝，就夠我用一輩子了。何況，以他的才幹，將來一定會出人頭地的。於是，她愛定了他，天天請他上館子、看電影、買東西送他，就像別的男孩子追女孩子一樣。不久，杜平康申請到美國麻省理工學院的獎學金，向她表示買機票的錢沒有著落，她馬上向爸爸要，而且還替他治裝。杜平康感激涕零的向她表白他對她的愛至死不渝，兩年後一定回來娶她。要不然，希望她畢業後也出去。

那時她念完三年級，少不更事，把杜平康當作是心目中的白馬王子，也為自己的將來編織著美夢。但是，杜平康出國不久就不再寫信給她，不到一年，就傳來他已在美結婚的消息。從別人口中，她才知道杜平康對她並無愛情，只是想利用她的財富以達成出國的目的而已。

受了這次打擊，伍思蓮在家裡大哭大鬧了幾天，使得她父母頭都大了。杜平康遠在美國，她鞭長莫及，哭鬧過後，也就不了了之，無可奈何。

不久以後，她也畢業了。她的父母對她說：「你辛苦唸書唸了十幾年，這就好，休息下來，痛痛快快地玩玩吧！暫時不要做任何打算了。」

就這樣，她既不去找工作，也不想出國（怕碰到杜平康），更不想這麼早結婚（杜平康對我不起，我可也要對別的男人不起了）。她一「玩」，就「玩」了五年。

也是在她爸爸宴客的席上，她認識了伍先生大學時代的同學鄭正芝。伍先生只說鄭正芝是新加坡的歸僑，她不知道他是幹甚麼的。但是，鄭正芝純正流利的英語，標準的國語，道地的粵語、閩南語、滬語和四川話，還有他風趣的談吐和豐富的常識卻吸引了她，她忍不住問：

「鄭伯伯，您會說這麼多種方言，到底是那一省的人呀？」

「我呀？我父親是閩南人，母親是廣東人。我生在上海，在四川唸過書，去世了的太太是北平人，而我在新加坡又住了十多年，你說我是那一省人都可以。」鄭正芝笑著回答。

「我爸爸最差勁了，除了他的家鄉話以外，甚麼方言都不會說，甚至國語也說不好。」

「爸爸老了，學話已經太遲了！」伍先生說。

「那麼，鄭伯伯還不是一樣老？你們是同學呀！」

「鄭伯伯不老，他還可以演風流小生哩！」伍先生開玩笑說。

她端詳這位不知身分的世伯：微秀的頭髮梳得光光滑滑，微黑的面孔還殘留著少年時代的英氣，一套淺灰色西服和暗紅色的花領結又使他像個過氣電影明星。唔，不錯，他是有點像中年以後的威廉荷頓，並不漂亮，可是有著魅力。

「鄭伯伯，我猜你是一位企業家，對不對？」開始想把男人當做獵物的伍思蓮，裝成很天真的樣子，用旁敲側擊的方法，想打聽鄭正芝的身分。

「呵呵呵！你怎會這樣想的？你看我像嗎？」鄭正芝大笑起來，有點受寵若驚的樣子。

也許不是吧？他的談吐那麼高雅，又好像滿有學問的樣子。「哦！我知道了，鄭伯伯一定是位大學教授！」

「你為甚麼把我想得這麼好？說不定我只是一個在馬戲班中表演空中飛人的哩！」鄭正芝又是呵呵大笑起來。

「你不像空中飛人，因為——」伍思蓮把「你太老了」幾個字咽下去。

「是不是因為我太老了？」鄭正芝笑得前仰後合，幾乎噴飯。

那一頓飯就在笑聲中結束，而鄭正芝也始終沒有透露自己的身分。伍思蓮後來問她父親，伍先生說他也不大清楚，只知道他經常來往於臺北與新加坡之間，交遊相當廣闊，聽說他在這裡有間貿易行。

原來是個生意人，倒是一點也不俗氣，而且相當可愛哪！伍思蓮這樣想。過了幾天，鄭正芝打電話約她一起吃晚飯，飯後聽音樂會，她毫不考慮就答應了。我沒看錯吧！他是個懂得古典音樂的商人呀！那一夜，他們相處得很愉快，伍思蓮對古典音樂原無認識，也無興趣，她只是想跟鄭正芝在一起，也就只好附庸風雅一番。

她跟鄭正芝來往了幾次。她的母親曾經半開玩笑地說她為什麼要跟老頭子一起玩，把機會留給年輕人不好嗎？因為伍太太知道女兒的傷心往事，怕她因此而產生偏激的心理。想不到伍思蓮竟正是如此：不久以前她被一個男孩子欺騙了，現在，她要把杜平康所施予她的也施予到別的男人身上，誰是她第一個遇到的男人，誰就是倒楣鬼！

跟鄭正芝來往了好幾次，伍思蓮發覺有點不對勁：他的身上為甚麼老是沒有帶錢？第一次是把放鈔票的皮夾子留在住的地方；第二次是出門遇到朋友，把他身上的錢都借去了；第三次是……。要付帳時，他翻遍全身的口袋都找不到皮夾子，一張臉脹得通紅。不知道是不是被扒了，剛剛在百貨公司逛了一會兒，擠得人山人海的，大概扒手就是在那時下的手。他訥訥地說。

「打電話叫你公司的人送錢來嘛！」過去兩次，都是她替他付的帳。這一次，她故意逗他。

「那，要等太久了。」他說。

「等等有甚麼關係？反正我們又沒事。」

「你先借給我好不好？我下次還你。」他急得滿頭是汗。「你先借個整數給我，一千元好了，我等下還要用錢。」她從嬉皮袋裡拿出小皮包，把它倒過來，只有三百五十幾塊，剛好付了他們兩客A餐的帳單。

「抱歉！我一向不喜歡帶錢在身上，沒有錢借給你了。」她把雙手一攤的說。其實，她過去跟杜平康來往，每天就都帶不少錢上學，而她替杜平康付帳也習慣了的，但是她跟鄭正芝來往，卻堅持一毛不拔的原則。

鄭正芝作了一個苦笑，也就不再說甚麼。

以後，鄭正芝就不再約她出去吃飯，只是偶然約她去郊遊。伍思蓮注意到，他的西裝都很陳舊而過時，皮鞋也穿了底，跟第一次見面時的西裝筆挺，風度翩翩完全不同。有一次，他談到他的公司業務不佳，叫伍思蓮請她的父親加股，伍思蓮表示想去看看他的公司，他卻支吾以對。伍思蓮不聲不響的，第二天就按扯去找。不錯，那的確是一間規模不錯的貿易公司；但是裡面的人卻不知有鄭正芝其人。

想向男人報復，想不到卻遇到老千。原來他也不過是杜平康第二，貪圖父親的金錢而已。還好我醒悟得早，要不然，豈不是又再來一次舊事重演？現在的伍思蓮，變得冷靜多了。她吩咐家裡的佣人，以後凡是鄭正芝打電話來，不論找她父母或她，都說不在。

擺脫了鄭正芝，伍思蓮想：今後可得小心認清目標才行了，原來這個世界上到處都是披著羊皮的狼。

* *

鄭正芝使伍思蓮吃了一次癟，也使她學了一次乖。人不可以貌相，衣冠楚楚的紳士，不見得都是上流社會的人物啊！在鄭正芝之後，她又認識了一個從香港來開業的年輕牙醫。她因為牙痛去他的診所找他治療，是他的病人。兩次以後，年輕的牙醫馮國材便開始約會她。

當她第一次接到他的電話時，幾乎不相信自己的耳朵。

「伍小姐嗎？我是馮齒科的馮醫生呀！」電話那頭說。

「啊！大醫師，有何指教？」她有點驚疑莫定，他幹嘛要找自己呢？

「伍小姐明天晚上有沒有空？我想請你賞光吃一頓飯。」

「哦？醫生要請病人？是不是你賺我的錢賺得太多了。所以良心發現？」

「伍小姐不要開玩笑，我是誠心誠意請你的，我來接你好不好？」

又有一條魚自願上鈎了，伍思蓮忍著笑答應了他。牙醫，年輕而體面，又是香港富家子弟，這次媽媽不會反對了吧？但是，媽媽又怎知道我的用心呢？

跟牙醫來往了兩三次，她發覺這個人一切都很正常，一切也迎合她的理想。假使他不是個子太瘦小了一點，假使他不是滿口的廣東國語，她真是會忘記了她的「遊戲」而跟他認真起來的。在他們將要進入戀愛階段時，她曾經問馮國材：

「大醫師，你為甚麼會挑上我的？我又不是絕色佳人，你為甚麼只見過我兩面就約會我？」

「你以為一個女孩子只要有美貌就行？我卻認為你的氣質更重要。我喜歡你的活潑、朗爽和不造作，而且，你的言談和舉止都顯示你出身良好，你完全合了我的理想，我當然不會錯過機會哪！」

「這只是你一廂情願的想法，你怎知道我對你有沒有意思？」

「我知道我自己的條件不算太差，下點功夫，也許可以獲得小姐的青睞的。」

「你的國語太蹩腳，我聽了就不舒服。」

「我可以學嘛！你教我好不好？」

「我為甚麼要教你？我才沒有那麼空！」

伍思蓮這句話聽起來像是開玩笑，事實上她對他的態度也是如是。她對他始終若即若離，不冷不熱的，使他無從捉摸。現在，他聽了這句話，一陣默然，臉上微微現出了痛苦的表情。

那天，他們分手之後，到了晚上，馮國材又打了電話來找她。

「思蓮，我有個好主意，我相信你一定喜歡。」他劈頭劈腦的說。

「甚麼主意嘛？快說呀！」她最恨說話不爽快的人。

「我們一起到香港去！」

「去幹嘛？」她雖然也很想出去走走，到香港去的確不失為一個好主意；不過，她卻不動聲色，只是冷冷地問。

「去玩呀！還有到我家裡去看看我的父母。」

「我又沒有親戚在香港，怎麼去法？」

「請你父親的公司派你去考察就行。你把公事交給我，一切手續我替你辦。好嗎？」

「好吧！」她還是冷冷地說，其實心中也有幾分興奮。終於也可以「出國」了，不必再做一個徹頭徹尾的土包子，在朋友面前應該也可以光彩一點吧？

在他們認識了不到半年的盛夏裡，伍思蓮和馮國材雙雙飛到香港去。走出機場，一部巨型的黑色轎車已在迎接他們。

穿著制服的司機從車裡走出來，必恭必敬地向著馮國材一鞠躬，叫了一聲「少爺」，又向伍思蓮微笑點頭。

汽車把他們送到香港的半山上。馮公館黑色的巨型鐵門，花園中的噴泉和石像，在在都已顯出氣派的非凡，走進屋內，陳設的豪華與講究，更是使得出身富家的伍思蓮也為之咋舌不已。

巨型的皮質沙發、長毛地毯、壁上巨幅的油畫、閃閃發光的水晶吊燈、落地窗外的海灣景色，這多像美國婦女雜誌中那些美麗得像皇宮的客廳呀！自己在臺北的那個家，在一般人心目中，已是相當高級的了，可是跟這裡一比，又算得甚麼呢？

一對貌不驚人，也是矮矮小小的中年夫婦走出來，馮國材替她介紹，說是他的父母。伍思蓮禮貌地站起來向他們鞠躬，但是他們都不會說國語，每一句話都要馮國材翻譯。他們稱讚伍思蓮美麗，問候她父母，然後便叫馮國材帶她到客房裡，讓她休息。

伍思蓮說她不要住在他家，要住到旅館去。馮國材說一個單身女孩子住旅館不方便，他家地方多得很，何必到外面去呢？伍思蓮說她住在這裡語言不通，像個啞巴。馮國材說住到旅館還不是一樣？在這裡有他翻譯，怕甚麼？兩人的聲音越說越大，幾乎吵了起來。馮先生夫婦問是甚麼事，馮國材說沒甚麼，然後對伍思蓮說：

「我們到客房裡再說吧！不要讓他們誤會。」

客房的窗門也是面對海灣，視野非常廣闊。這個房間，一切的布置都採用淡淡的玫瑰紅色調，情調很夠羅曼蒂克，床頭小幾的花瓶上，已插著一株含苞欲放的紅玫瑰。

「你還喜歡這個房間吧？這個客房叫Pink Room，是專門招待女客的。另外還有一間藍室和綠室，則是招待男客的。你看，住在這裡是不是比外面好一點？」

剛才在外面的爭執，馮國材本來已有少許怒意。此刻，卻抑制著自己的脾氣，柔聲地對伍思蓮這樣說。

「房間固然很好，不過我還是覺得住在別人家裡比較不自由。而且，在臺北時你並沒有說要我住在你家裡呀？」伍思蓮面無表情的回答。

「我以為不必說的。我請你來玩，當然是因為家裡有房間嘛！要客人住到旅館裡，不但是顯得我們沒有禮貌，而且也很丟臉呀！」

「不跟你說了，你強詞奪理。這樣吧！折衷辦法，我在這裡住一夜，明天就搬到旅館去。假使你不答應，我自己就回臺灣去。」

「好吧！小姐，我拗你不過。那我只好騙我的父母說你有一個同學堅邀你去住了，否則他們會不高興的。」

「隨便你怎樣騙吧！關我甚麼事？」

「好了，思蓮，你現在休息休息吧！我們家七點吃晚飯，你有很多時間洗澡和打扮。今天晚上有盛宴，請把你自己打扮成公主一樣。」

「算了，我就是這副樣子，再打扮也不像公主的。」她還是寒著臉。她一心以為到香港來可以痛痛快快的玩，如今他卻強迫她關在家裡，心裡實在萬分不高興。

現在是差不多五點鐘，馮國材走開以後，伍思蓮躺在床上小睡了一會兒，然後起來洗澡、打扮。為了出門方便，她並沒有帶很多衣服。打開箱子，只有一件米黃色紗質洋裝是比較正式的。管它呢，只不過是在家裡吃飯，要怎樣打扮嘛！她穿上米黃色的紗衣，沒有戴任何飾物，只抹了淡淡的口紅，還噴了一些古龍香水，就坐在窗前，眺望著海灣中的碧波綠水和水面的幾艘張著白帆的遊艇。

六點半，馮國材敲門進來。他穿著一套白色西裝，結著花領結，人雖然瘦小，倒也風度翩翩。

他打量著她，半天沒有說話。她瞪著他，也不開口。最後，他還是微笑著說：

「很好！這樣雅淡的打扮，可以顯出你氣質的高雅，不流凡俗。出去吧！客人都到齊了，大家都想看看你哩！」他向她伸出右臂，讓她把手擱在上面，就像電影中那些高貴的紳士那樣把她引導到客廳。

寬大的客廳中，坐滿了人。馮國材一一為她介紹：這是舅公，這是叔婆，這是大伯父，這是姨丈，這是阿姨，這是姑媽，這是二表姐，這是三表哥，這是……，把伍思蓮弄得頭昏腦脹，只好裝出一個機械的微笑，跟他們一個個握手。全部介紹如儀後，大家坐定，於是，主客之間彼此打量；但是，伍思蓮只有一雙眼睛，又怎敵那紛紛落在她身上的二三十道犀利如劍的目光呢？

她注意到：在座的人全都盛裝，男人西裝畢挺，女的珠光寶氣，花枝招展；只有她，可算是最樸素的一個。不過，她不怕，馮國材說她氣質高雅，豈不勝過這些庸脂俗粉？她又不是沒有美服和珠寶，只是不喜歡穿戴而已。

馮國材的那些親戚們似乎全不會說國語，因為他們都在吱吱喳喳地說著伍思蓮聽不懂的廣東話。從他們的表情中，似乎在談論她；又因為知道她聽不懂，所以他們就毫無忌憚地大聲地說。伍思蓮也明知他們在談論自己，但是她聽不懂，因此就不去煩心。倒是馮國材不時的皺著眉，彷彿有點不高興。

那頓飯是夠豪華的。細瓷的器皿、銀匙、銀蓋子、象牙筷，使得一道又一道的山珍海味顯得更美味更精緻。馮先生夫婦不斷用廣東話勸她進食，馮國材也不停為她佈菜；但是，在那二三十道如炬的目光注視下，伍思蓮卻有食不下嚥之感。

要是那些人真的全不懂國語，她也可以免開金口。偏偏馮國材一個十七八歲的表妹會講幾句廣東國語，就不斷地用些莫名其妙的問題來問她：「你們臺灣有沒有廣東館子？」「你吃過廣東菜沒有？」「臺灣有沒有螃蟹？」「臺灣買得到鑽戒嗎？」她的問題是如此幼稚膚淺，使得伍思蓮簡直啼笑皆非，就只好很簡單地用一兩個單字來回答。那個小表妹可能是認為伍思蓮態度太傲慢吧，後來就很不高興的噘著嘴，不再跟她說話了。

以伍思蓮的性格，要是在她家裡，她一定會拂袖而起，悻悻然離席。但是，這是別人的家，她是在這裡作客，即使再任性，也是不便發作的。她按捺著性子好不容易等到終席，她便站起來告退，在眾目睽睽之下，回到自己的房間裡去，坐在窗前生悶氣。

幾分鐘以後，馮國材進來了。他似乎不知道她在生氣，只是很輕鬆地說：

「馬上喝咖啡了，你出來好嗎？」

「國材，要不是我答應了你，我真想馬上就搬出去。你的親戚對我都很不友善，你看不出來嗎？」

「怎麼會呢？我相信，你對他們的誤會只是由於語言隔閡而起。」

「我也不想和你多辯。你現在陪我到市區走走好嗎？我來到香港大半天了，卻連香港是甚麼樣子都不知道。」

馮國材沉吟了一下，說：

「也好！不過你還是得出去跟大家招呼一下，偷偷溜走是很失禮的啊！」

於是，兩人又回到客廳上。伍思蓮因為急於出去，就很有禮貌地向大家含笑告辭，然後，不顧他們的反應，便離開客廳，走向花園。

外面的空氣很清涼，比起室內的冷氣舒服得多了。馮國材和她，仍然坐上來時那部名貴的雪佛蘭下山去。

到了中環市區，他們便下車散步。伍思蓮發現：香港的街道比臺北的狹窄多了，市容也不及臺北。不過，一則是由於新來乍到，樣樣都有新奇感。二則香港這個地方華洋雜處，到處充滿異國情調，倒也相當吸引她。

他們逛了一家百貨公司，又去逛小攤子，最後，就在一家很豪華的觀光飯店裡喝咖啡。這時，伍思蓮的興致又來了。她忘記了在馮家的種種不快，覺得釣到了馮國材這條大魚真好，得以免費遊一次香港。

第二天，馮國材果然幫她搬到花園道口的希爾頓大飯店去，距離他家不太遠，倒也方便。以後的節目便是遊樂，在六天之內，他們遊遍了山頂、淺水灣、跑馬場、九龍的海景大廈、沙田、青山，還有離島的長洲。當然，最後是逛公司，他送給了她大包小包的禮物。

一週的香港假期轉瞬即過，兩人又雙雙回到臺北。

玩了一次香港，對伍思蓮而言，是她的愛情遊戲中的一份收穫；對馮國材而言，他付出了那麼多，也應該有所收穫才對。

回來的第二天，馮國材又約伍思蓮見面。

「怎麼樣？不累吧？」一見面，他就很體貼地問。

「還好。」

「思蓮，我的父母都很稱讚你，他們說我眼光真夠。」他執著她的手說。

「算了吧！你們廣東人都是地域觀念很深的，我是個外江婆，他們怎會稱讚？」她把手抽回去。

「真的，他們說你又美麗又文靜，要是會說廣東話就十全十美了。從現在起，我來教你好嗎？」

「我為甚麼要學？」

「大家交談方便呀！思蓮，你願意做馮家的媳婦嗎？」他把臉湊過去，輕輕吻著她的額角。

她躲開，瞪著眼問他：「這是甚麼意思？」

「我是在向你求婚呀！思蓮。」

哼！好現實的傢伙！剛請我觀光香港，馬上就提出求婚了！

「你憑甚麼以為我會答應嫁給你？」伍思蓮把眼睛望向遠方，用最冷酷的聲音和表情說。

「當然是憑我們的感情囉！」馮國材還沒有發覺她的冷淡。

「哼！感情值多少錢一斤？你以為我跟你玩玩就真是愛上你這一六幾的身材和滿口的廣東國語？」

「你……你……」伍思蓮突如其來的翻臉和侮辱，使得馮國材氣結而說不出口來。

伍思蓮把頭昂得高高的，不理睬他。

「那——那你——你為甚麼要跟我到——到香港去？」

「跟你去？別說得那麼難聽好不好？我可是萬國工程公司派我去考察的啊！」

「啊！思蓮！」馮國材在呻吟著。這個女孩子太可怕了，反臉不認人！「你當時同意去見我父母的呀！」

「同意又怎樣？難道去見你父母就是要做他們媳婦？你最好再別提你的貴府，規矩那樣多，嚇都嚇死人了！」

「你不願跟我父母住在一起，我們還是住在臺灣算了。」

「喂！馮國材你胡扯些甚麼？我又沒有答應嫁給你！」

「思蓮，你是說我完全沒有希望？你不願意考慮考慮？」

「有甚麼好考慮的？不答應就是不答應！你這樣哭喪著臉，看見就煩，我沒空聽你嘀咕，我回去了！」

她說著站起來就走，馮國材雙手抱著頭坐在座位上，破例的沒有起來送她。

那天晚上，伍思蓮已經上床了，馮國材又打電話來。一接電話，伍思蓮就光火：

「這麼晚了還打電話來做甚麼？一點禮貌也不懂！」

「思蓮，這可能是我最後一次打電話給你了，所以，請你耐心的聽我把話說完。從我們昨天的談話中，我發現：你對我不但沒有一絲感情，而且對我非常輕蔑，這使得我的自信心和自尊心都完全瓦解了。我雖然個子不夠高，國語不夠標準，但是其他的方面像學歷、身分、家世等自認還不差，我不知道你為甚麼瞧不起我？既然瞧不起我，又為甚麼要跟我往來？我把全副感情放在你的身上，原來你卻只是跟我玩玩。你知道這打擊對我有多深！我的心破碎了，我在父母和家人面前也抬不起頭了。思蓮，我現在再求你一次，看在我的誠心誠意份上，請你答應我好嗎？」馮國材從來沒有一口氣說過這麼多的話，現在，由於他的激動，他的鄉音就更濃重。

「你有個完沒有完？我要睡覺了？」伍思蓮不耐煩地大聲的說。

「你還沒有回答我的話哩！只要你回答了，我馬上就掛電話。嗯！Yes or No?」

「No!」伍思蓮嫌他囉嗦，用盡氣力，大叫一聲。

電話那邊寂然半晌，然後徐徐掛斷。伍思蓮也氣沖沖的躺回枕上。

過了一天，伍思蓮在報紙的社會版上無意看到了這樣一個小標題「牙醫為情顛倒，仰藥輕生遇救」。

她整個人一震，趕緊閱讀內容，那段新聞大意說：「牙醫馮國材，現年三十四歲，於昨晚在他的診所服食大量安眠藥，意圖自殺，幸為其所僱之男工及時發覺，送醫救治，經洗胃後已無大礙。據悉該牙醫因熱戀一女，日前求婚不遂，故萌厭世之念。」

伍思蓮看完那段短短的新聞，立刻面色大變，呼吸急促，額上和手心也冒出冷汗。該死的傢伙，怎會居然做出這種事情來，幸虧沒有死（其實死了活該！）否則警方調查死因，麻煩豈不惹到我頭上？我雖然沒有寫過情書給他，沒有送過他照片，除了醫牙以外，也沒有到過他的診所；可是在香港跟他拍過不少照片，他的通訊本子上有我的電話號碼，警方還是會來查問的呀！現在，他沒有死，他們會不會來調查呢？

我還是避開一下算了，還有，這段消息也不能夠讓爸爸媽媽看到。她家訂了好幾份報紙，她把每份報紙有社會版的那一頁全都收起來，藏在皮包裡；然後收拾了幾件衣服，自己提了個小旅行包，就出門了。臨行的時候，對佣人說：「我跟朋友到南部旅行，老爺太太回來時跟他們說一聲。」

反正她經常來去自如，也沒有人感到詫異。她坐計程車到機場，看見開往花蓮的班機還有機位，就買票上了飛機，一個人飛到花蓮去。在旅館開了一個房間，就一個人上街亂逛，把皮包中的報紙都扔到廢物箱裡，這才覺得輕鬆下來。

因為一個人太過無聊，第二天伍思蓮就參加了當地的一個旅行團，到橫貫公路、梨山去玩了兩天，然後才回臺北。回到臺北，她不是直接回家，卻是先到她的好朋友陳小姐家裡去聊了半天，從她的口氣中知道沒有發生甚麼事，這才安心回家。又過了一個星期，仍然沒有事，馮國材也沒有打擾她，她知道：她和馮國材的這一段已經落幕了。不過，這一幕實在太驚險了，每次想起來，都猶有餘悸。幾個月以後，她有事經過馮國材的診所，看見招牌已經不見，不知道他是不是回香港去了？

* *

她在參加一個朋友的婚禮，去得晚了一點，不但觀不到禮，而且也找不到坐的地方。婚禮很盛大，偌大的禮堂上，擺了五六十桌，都已密密麻麻坐滿了人。擔任接待的人忙得很，一時還沒有人招呼她，她在人叢中鑽了一下，就想退出去。

「伍小姐！」忽然間有人在叫她。

一位中年男士笑咪咪地站了起來，對她說：「這裡還有一個座位，來這裡坐好嗎？」

「啊！是程先生，真巧！」伍思蓮穿過人叢，走到中年男士的身邊，坐在唯一空出的一張圓凳子上，她的背緊貼著另外一桌上一個人的背。

「伍小姐一個人來？」一名叫程燁的中年男士問。

「嗯！程先生也是？」

「老實告訴你，在這裡除了新郎的父母以外，我誰都不認識。我是新郎父親的中學同學，而我們又是在臺灣僅有的兩個同學，所以其他的人我全不認識。」程燁掩著口小聲的說。

「我跟你一樣，我是新娘小學時的同學，而我們是在高雄唸的小學，此地幾乎一個同學也沒有。」伍思蓮說。

「那我們兩個是同病相憐，相依為命了！」程燁哈哈大笑起來，無視於同桌其他的人詫異的眼光。

伍思蓮覺得程燁這個人相當的幽默，也忍不住笑了起來。相依為命？其實，他們才第二次見面。

第一次見面是在從花蓮到梨山的遊覽車上。程燁和另外一個男的坐在伍思蓮前面的座位上，兩個人一路上高談闊論，語驚四座。伍思蓮聽見他們兩個彼此都是連名帶姓的稱呼對方，她聽見其中年長的一個名叫「程葉」，年輕的一個叫「葛明」。

這兩個名字好熟呀！他們是誰？她留心細聽他們的話，只聽見他們一會兒談出版，一會兒談寫文章，一會兒又談到某著名的女作家。啊！這兩個也是作家，他們的名字經常在報紙上出現的，是「程燁」，不是「程葉」。伍思蓮雖然對文藝沒有甚麼興趣，但是她有些迷作家迷小說的女同學，聽她們談多了，對名氣較大的作家她也聽過不少，程燁和葛明的名字都是相當響亮的。

反正獨行無伴，而程燁和葛明對這個單身而漂亮的同行少女早已注意到，伍思蓮就主動的向他們搭訕：

「你們兩位都是大作家吧？」

「不敢！在下小名葛明，這位是程燁先生。小姐怎麼知道的？」葛明受寵若驚的說。

「我在後面偷聽到的嘛！久仰了！」伍思蓮嬌笑著。

「有幸認識這麼漂亮的姑娘，葛明，咱們這趟旅行可是值回票價了。小姐貴姓呀？」程燁也笑嘻嘻的說。他看來雖然已有四十多歲，但是個子高高的，臉孔白白淨淨，而且帶有幾分書卷氣；比起矮小而形容猥瑣的葛明，討人歡喜得多了。

伍思蓮坦然地把自己的名字告訴了他們，從此，三個人一路結伴，說說笑笑的，解除了不少旅途的寂寞。旅行結束以後，大家在分手時都交換了地址，程燁和葛明都說要寄書給她。

回到臺北的第三天她就收到程燁寄給她的一本小說，她還沒有決定要不要回信道謝，想不到竟在同學的婚禮中碰到他。

「啊！對了，程先生，我還沒有謝謝你送的書哩！」她說。

「不要謝！請多指教吧！」程燁笑著說。「伍小姐平日喜歡看文學作品嗎？」

「看不懂啊！」伍思蓮避重就輕的回答，她不好意思說自己從來不看書。

「太客氣了！一看你就知道你是個聰明人，為甚麼要這樣謙虛呢？」

「真的嘛！我真的樣樣都不懂。」她倒是說出真心話來了。

上菜以後，他們反正跟其他的人都不認識，就乾脆誰都不理，旁若無人的只顧吃。程燁乘機大獻殷懃，每一道菜都替她服務。因為同桌有幾個人的吃相很惡劣，伍思蓮看不慣，就偷偷對程燁說：

「我不想再吃了，我們走吧！」

「好哇！」程燁求之不得，馬上站起身來，領她衝出人堆，離開那亂哄哄的結婚禮堂。這時新郎新娘正在敬酒，還沒有來到他們的那一桌，他們也顧不得了。

下了電梯，街上一股熱浪襲向他們。伍思蓮用手搧著臉，長長的噓了一口氣說：「好熱！不過，我們終於逃出來了！剛才那些人吃東西時的惡形惡狀，真教人受不了！」

「你大概還沒有吃飽吧？我們再到甚麼地方去吃點東西好嗎？」程燁說。

「我已吃不下了，倒是有點口渴。」

「我也是一樣。來！我帶你喝咖啡去，有一家我常去的，還不錯。我們就散步走過去好嗎？大約走個五六分鐘就到了。」

程燁把伍思蓮領到一間普普通通的咖啡室去，也不知道他所說的「還不錯」指的是咖啡還是別的。不過，這對她是無所謂的。自從知道馮國材自殺不遂之後，她的心理一時便失去平衡。她感到有點負疚，但也氣惱馮國材的以死來要脅；她感到很空虛，急急的想再捕獵一個男人來填補心中的空缺，而程燁卻是適時自投羅網的一個。

程燁很健談，口才尤其佳。伍思蓮跟他在咖啡室中對坐，轉瞬過了兩個鐘頭而不自覺。為了欲擒故縱，她也要表現得矜持一點。看了看腕錶，她假裝驚呼一聲：

「呦！已經十點鐘了，我要回去啦！」

「還早得很嘛！再坐一會兒！」程燁像個小男孩般在懇求她。

「不行，我爸媽把我管得很緊的。」伍思蓮說著就站起來。

「那我送你回去，我可不能把你教壞啊！」程燁笑嘻嘻的，也裝出一副君子風度的樣子。

從此，程燁和伍思蓮就交往頻繁，他三天兩天的便約她出去或者一起吃飯，或者去郊遊，或者看電影，但是最常去的還是喝咖啡。程燁除了從事寫作以外，還在一個機關裡擔任顧問之職，不必上班，所以他有很多時間交女朋友。跟他在一起，伍思蓮覺得特別有安全感。當年的杜平康太年輕了，也太窮了，凡是需要花錢的地方都要她掏腰包，根本上就不像在交男朋友。鄭正芝那個老傢伙，那個老千，更是不提也罷。馮國材固然對她很體貼，可是她跟這個香港少爺有很多合不來的地方，話也常常談不攏。現在，跟程燁在一起，一切便都不同。他年紀大、經驗豐富、有學問、有修養，可說是亦師亦友，實在比那些不懂事的年輕小夥子夠味道多了。

在他們認識了兩三個月之後，有一天，程燁又約她出去喝咖啡。他交給她一本雜誌，說裡面有他的一篇小說，叫她回去看看。

伍思蓮平常雖然不大看文藝作品，但是因為程燁寫的，便也感到興趣。那天晚上，她躺在床上把它從頭細讀，看完了竟然激動得睡不著。原來那篇小說是以她為女主角的，男主角就是程燁自己，寫的是他們在旅遊橫貫公路時的無意邂逅，再來是婚筵上的重逢，後來兩人相愛了，結果是有情人終成眷屬，他們又再到橫貫公路渡蜜月。

他這是甚麼意思？是在向我示愛嗎？他的年紀大得可以做我的爸爸，我能不能接受？下一次見了面怎麼辦？當然，我只好不作任何表示，還是等他自己開口再說吧！

想不到第二天不到中午，就接到程燁的電話了。

「思蓮，早啊！我沒有吵醒你吧？」程燁說。他現在已不叫她伍小姐了。

「沒有，早就醒來了。」

「昨天晚上睡得好不好？」

「沒有怎樣嘛！」她說。奇怪，他怎會知道我沒有睡好呢？

「你看了我的小說沒有？」

「嗯！看了——」她停頓了一下。「看了一點點。」

「哦？請你今天把它看完好麼？我急於想知道你的感想哩！」

「為什麼這樣急？」

「看完你就知道了！我明天再打電話來。」

以後的三天，程燁每天都打電話來，伍思蓮每次都故意說還沒有看完。最後，程燁知道她是故意的，就不再追問，把她約到郊外去玩，走到一處沒有人的樹叢裡，他竟出其不意的吻了她。伍思蓮沒有掙紮，等他放開了她，她便使盡全身氣力，摑了他一巴掌。

「你怎敢這樣做的？你以為你是誰？」她狠狠的問。

「我為什麼不敢？我知道，最壞的結果也不過如此而已！」程燁一手撫著熱辣辣的臉頰一面苦笑著說。

「死相！你寫這種破小說來挑逗女孩子是第幾次了？」她背向著他，低頭踢著地上的小草。他把她攀過來，抱在懷中。「我可以向天發誓：這是第一次。你怎麼會以為我經常有這種豔遇的？」

「你年紀這樣大，為什麼還沒有結婚？」

「我是離過婚的。再說，小生今年四十五，並不算大呀！」

「足足比我大了二十歲，還說不大？」

「可是我愛你也愛得比年輕人要深呀！思蓮，難道你不覺得？」他又深深的吻了她。

於是，伍思蓮完全屈服了。自然，她還不想結婚，但是她需要愛。她覺得她一生好像並沒有被人愛過，爸爸媽媽一天到晚在忙他們自己的事，從來沒有人關心她。杜平康和鄭正芝都是想利用她，而馮國材又不合自己理想。如今，身為名作家的程燁向她示愛了，她又何必緊閉自己的心扉呢？

不久，伍思蓮和程燁就成為熱戀中的一雙情侶。程燁在市郊獨自租了一層小小的公寓居住，伍思蓮居然也不避嫌的常往他那裡跑，有時還紆尊降貴的替他收拾屋子。她不會洗衣服，但是會替他把穿髒的衣物清理出來送到洗衣店去。她不會燒飯做菜，但是她常常買很多好吃的東西帶到他家裡去兩個人共享。既然她肯移樽就教，程燁就不再約她到外面去，樂得陶醉在這個只有他們兩個人的小小天地裡。

有一天，靠近中午的時候，伍思蓮又買了一些滷味和夾肉燒餅到程燁家裡。程燁剛起床不久，穿著睡衣在浴室裡梳洗，伍思蓮坐在客廳裡翻看茶几上的雜誌。

有人按鈴，伍思蓮去開門，門外站著一個陌生的中年婦人。

「程燁是不是住在這裡？」中年婦人問。

「是的。」伍思蓮點點頭，又回過身去叫：「程燁，有人找你。」

中年婦人「哼」了一聲，走進屋內，在程燁還沒有從浴室出來以前，就指著伍思蓮問：

「你大概就是那個賤貨吧？可讓我逮著啦！」

程燁從浴室裡衝出來，手裡還拿著毛巾。

「淑芳，不要誤會。這位伍小姐是我的讀者。來，你坐下來，有話好說。」他把她拉到一張沙發上。

伍思蓮被這突如其來的一切嚇呆了，張目結舌的站在一旁開不了口。

「甚麼誤會？你穿著睡衣見客的呀？好人家的女孩會跑到單身男人的屋裡去呀？你——你這個老不死的，一次又一次的背著我勾引別的女人，這次，可給我逮個正著了。你說，你怎麼辦？」女人聲勢洶洶地用手指著程燁。

「我們只是朋友，你別誤會好不好？」

「我不管！你馬上給我搬回臺中去。我以後一定要用一根繩子把你拴住，看你還敢不敢在外面拈花惹草？」

「程燁，這個女人是誰？」伍思蓮終於說話了。

「啊？你還不知我是誰？我問你，除了正牌的程太太以外，還有誰有權管這門子事的？」

女人雙手叉腰，一副兇神惡煞的樣子。

「好啊！程燁，原來你是有太太的，你居然騙我說離過婚？虧你還是個作家，原來也是個騙子！你騙得我好慘呀！」伍思蓮雙手掩著臉，頹然的倒在一張椅子上。她是不容易落淚的，現在當然不會哭。只是一種被騙的憤怒充滿在胸臆中，她覺得，即使再摑程燁十個耳光，也不夠她洩憤。

「思蓮，請你聽我解釋。」程燁雙手捧頭坐著，那狼狽的樣子就像是一隻正被主人叱責的狗。

「你還有甚麼好解釋的？」兩個女人不期而然異口同聲的說。所不同的是，程燁太太說完了就惡狠狠地瞪著她的丈夫，而伍思蓮卻氣沖沖的奔下樓去。

她回到家裡，把自己關在房間內，越想越氣。但是，氣有什麼？自己又不是十七、八歲的黃毛丫頭，誰叫你瞎了眼愛上有婦之夫？程燁固然是文人無行、十分可惡；然而他並沒有誘惑你，你們是兩情相悅的，怪得了誰？還以為釣到一條大魚哪？原來又是陰溝翻了船！伍思蓮呀！你的命運何以如此不濟？不如修心養性，不要再玩這種愛情遊戲了吧！她把程燁送給她的書和雜誌通通撕得粉碎，算是消了點氣。以後，程燁打電話來她不接，來信也不回，就這樣，兩個人斷絕了來往。

這以後，伍思蓮到新加坡她舅舅家住了兩個月，回來後又去學法文和水彩畫，把自己弄得異常忙碌，幾乎整整一年，她不再交任何男朋友。她母親看見女兒變得這樣乖，十分安慰，就趁機叫她快點結婚，而且主動的替他物色理想對象。可惜伍思蓮完全不聽她的話，凡是母親介紹的男孩，她一律看不上眼。她坦白地告訴母親：這就是代溝。你們看中的人我是絕不可能合意的是不要費心吧！

伍太太碰了一次又一次的釘子，仍然死心不息。而本性難移，靜極思動的伍思蓮，就在這個時候認識了王飛。

＊　＊

王飛出海已經快三個月了，卻只來過一張明信片。她是無法寫信給他的，因為他的行蹤不定。這三個月好難挨呀！王飛是她第一次真正傾心的男人，她期待著他快點跟她結婚，因為她自覺青春漸逝，必須在紅顏老去之前找個歸宿。王飛的職業雖然不理想，但是她將來可以勸他放棄，請爸爸把他安插在公司裡，以後不是就可以過著安樂的日子了嗎？

真的，等他出海回來，我一定要把這個意見告訴他，叫他不要幹了，讓我帶他去見爸爸，他那樣一表人才，爸爸必定喜歡他，給他工作，也必定會同意我們的婚事的。近來，伍思蓮常常在做白日夢，夢見自己披著新娘紗，手捧鮮花，在婚禮進行曲中踩著紅色的地毯一步步地往前走，而站在地毯的那頭在等候她的那個器宇軒昂的新郎，又正是王飛。有時，她又夢見自己和王飛已為人父母，他們兩個牽著一雙金童玉女在草地上奔馳玩耍。啊！這些夢想會成真嗎？每當從白日夢中驚醒過來，她又會無緣無故的嘆氣。

現在，王飛出海已四個月了，除了從印度寄來的那張明信片以外，始終沒有第二封信。伍思蓮知道他這次要出遠洋，要到南非洲的開普敦去。他說要去一年，不過中間可以休假一次，一休假就會回來看她。

由於王飛一直沒有信，伍思蓮不免由失望而生起疑心。人人都說船員不可靠，他們在每一個港口都可以有一個情人的，何況王飛長得那樣俊，他怎可能只有我一個？我何苦癡癡地等呢？一想通，伍思蓮便不再自苦，她又恢復了從前那種飲食徵逐、放浪形骸的生活。當然，她也是想藉此來麻醉自己，好忘記王飛。

在一個女友的生日舞會中，伍思蓮喝了幾杯鷄尾酒，跟幾個不認識的男人跳了幾隻舞。無意中，她發現有一個年輕的男子默默地坐在一個角落裡抽煙，那倨傲的神情，那雙炯炯的黑眼，那希臘雕像似的鼻子和嘴巴，簡直像煞了王飛。他莫非是王飛的弟弟？可是，我從來沒有聽王飛說過他有家人的啊！

丟下正在共舞的男伴，伍思蓮找到了女主人，把她拉到一旁，問她那個男孩是誰。女主人跟她很熟，隨便開玩笑慣了，聽伍思蓮一問，不禁大笑起來。

「哦？你的海員情人出海了就耐不住寂寞是不是？不過，我也很佩服你的眼光，小范是個公認的美男子，可惜眼高於頂，誰都看不上。當然哪！現在男孩子多吃香！他才二十五歲，急甚麼嘛？」

「他是幹甚麼的？」

「我只知道他是幹美工的。他是我朋友的朋友，我跟他不太熟，其他還是由你自己去發掘吧！」女主人說著，也不由伍思蓮不同意，就拉著她的手，走向小范那裡。

「嗨！小范，給你介紹一位朋友，伍思蓮，是鼎鼎大名萬風工程公司的女少東。」

小范抬起他那雙炯炯的黑眼，裡面的表情起先是冷漠，後來卻閃閃有光的露出點笑意。

「伍小姐，你好！請坐。」小范站起身來，很有禮貌地招呼伍思蓮。

女主人看到小范態度轉變得這麼快，不解地聳聳肩，就搖著頭走開了。

「范先生為甚麼不跳舞？」伍思蓮問。

那男孩子看了伍思蓮一眼，嘴角挑起了一絲看不到的狡獪的微笑說：「因為我不慣於跟庸俗的舞伴共舞。」

「那麼，你那位不庸俗的舞伴呢？」

小范哈哈大笑起來。「你真有趣！我還沒有找到呀？現在，我要求你這位不庸俗的女孩做我的舞伴了。」

他站起來，彎腰作了一個邀舞的姿勢。伍思蓮發覺他也相當高，但是有點瘦，整個人比王飛小了一兩號，但是也真像，就把他當作小王飛吧！

她嫣然一笑，大大方方地站起來和他共舞。比起王飛，小范的舞藝差得遠。不過，伍思蓮志不在舞，她只想把小范當作王飛的替身而已。

舞會結束以後，小范要求送伍思蓮回家。到了她家門，小范問她：「伍小姐，我以後可以來拜訪嗎？」

伍思蓮想：自從馮國材以後，我的男朋友都是見不得天日的，爸爸媽媽還以為我到現在還沒有找到新的哩！這個男孩，長相不差，又有正當職業，讓他到家亮亮相應該沒有關係吧？

她衝他笑笑：「為甚麼不可以？歡迎你隨時來玩。」

「謝謝你！伍小姐！」他向她擺擺手，走了。

真是想也沒想到，第二天的晚上，小范就來造訪。

那是一個很難得的夜晚，伍思蓮沒有出去，她的爸爸媽媽也都在家，一家人居然團團圓圓的坐在客廳裡看電視。佣人進來說有一位范先生要找小姐，伍思蓮一時還想不出是誰。伍先生夫婦互相看了一眼，把身體坐正一點，他們決心不迴避，要看著女兒這次又交一個甚麼樣的男朋友。

小范穿得整整齊齊的走進來，稚嫩的臉上帶著禮貌的微笑，他漂亮的外表，就像文藝片中的小生。

「伍小姐，你好！這兩位就是伯父伯母吧？」他跟伍思蓮握手，然後轉身向伍先生伍太太鞠躬。

「這是范永年。」伍思蓮說。

「范先生請坐呀！」伍太太說，她一看到這正派而文質彬彬的青年就有好感。

「謝謝伯母！」小范在一張沙發的邊沿坐下。

「范先生在那裡得意？」伍太太又問。「你看來很年輕，剛畢業不久吧？」

「我畢業三年了，現在一家出版社擔任美工工作。」

「哦！原來是位畫家！」伍太太說。

「不敢當，我只是隨便畫畫而已。」

「小范，我也學過一個時期的水彩畫，以後你來教我好不好？」伍思蓮到現在才有機會插嘴。

「教你我不敢，不過我們可以互相研究。」

接著就是一陣沉默，伍先生又始終沒有開口，只是用一雙嚴峻的眼光不時掃描著范永年，使得他坐立不安。再坐了兩分鐘，他就起身告辭。伍思蓮送他到門口，握別的時候，范永年小聲地問：

「伍小姐，我以後可以約你出去玩嗎？」

「在家裡見面太沉悶太嚴肅了，是不是？」她反問他。

兩人不禁一起大笑起來。

伍思蓮回到客廳，伍太太馬上就問：

「這孩子挺不錯的，你認識他多久了？」

「才第二次見面。」伍思蓮坦白地回答。

「他的長相好，又懂得禮貌，可惜年紀好像比你小。他知道你比他大嗎？」伍太太再問。

「知道又怎樣？」伍思蓮立刻向媽媽頂撞起來。

「你別窮緊張好不好？」伍先生到這時才開了口。

「他們才認識的，你顧慮那麼多幹嘛？不過，我看這孩子太多禮了，而且第二次見面就登門造訪，不知道是不是另有企圖。思蓮你還是提防著一點為妙。」

「哦？爸爸，你認為凡是追求我的男孩子都是因為我有個有名有錢的父親？」伍思蓮被父親說中要害，不覺氣得全身發抖。

「我不是這個意思。只不過因為有前例在先，我提醒你一下而已。古語說：防人之心不可無，是很有道理的。」

伍思蓮不再說話，站起身來就走進自己的房間裡。她本來對范永年只存著玩玩的心理，如今父親一反對，她那叛逆的性格又抬頭了：你認為他是對我有所企圖的？那我要用事實來證明你的看法錯誤的。

過了兩天，范永年約她去看電影，她欣然答應。又因為是新交，他請了她看電影，她就回請他吃宵夜。從此，你請我，我請你便成為慣例。有一次范永年表示薪水花光了，囊空如洗，只能夠請她去吃甜不辣了。伍思蓮就說他傻瓜，沒有錢怎麼不早說？她塞了五百塊錢在他口袋裡，以後兩個人約會她就不再要他花一文錢，就跟她當年跟杜平康在一起的情形一樣。

范永年既年輕又長得漂亮，她就天天帶著他四處跑，在朋友面前炫耀。現在，伍思蓮的朋友都知道她「又有了一個新的小情人了」。

她已把王飛忘記，但是在下意識中又常常帶范永年到她跟王飛約會過的地方去。連她自己也不知道這是一種甚麼心理，難道是想重溫舊夢？

一個晚上，她跟范永年在坐咖啡室，那就是在中山北路上她跟王飛第一次去的那一間。燈光幽暗，音樂悠揚，伍思蓮跟范永年偎坐在一起，低低地訴說著一些旁人聽起來毫無意義的癡愚的情話。范永年握著她的一隻手在把玩，突然沉默了許久。

「小范，怎麼不說話了？」伍思蓮柔聲地問。

「我有一件事想請你幫忙，又怕你不答應。」

「傻小子，說呀！你不說出來我怎麼答應你？」

「我在那家出版社工作，待遇很低。我想請你介紹我到伯父的公司去，我畫的圖還不錯，你們公司用得著的。好不好嘛？」

介紹人到她爸爸的公司，對她而言，這不算是難事。在情迷意亂之中，她隨口就說：

「好嘛！」

但是，她忽然想起父親說過范永年另有企圖的話，如今竟不幸而言中，就不禁勃然大怒起來。她一怒而把手從范永年的手中抽出，同時坐直了身子，正想開口大罵范永年時，突然發現有一個人站在他們的火車座旁邊一兩呎的地方，正定定地望著她。光線雖然相當幽暗，可是，那個昂藏六呎的、有著希臘雕像般面孔的、皮膚黝黑的、彷彿還帶著海水鹹味的男人，不正是「失蹤」了半年的王飛是誰？

一霎時，她像被電擊中一般的呆住了，一句話也說不出來。王飛撇著嘴，不屑地望了她以及被剛才伍思蓮突如其來的舉動嚇得目瞪口呆的范永年一眼，然後扭頭轉身走了。伍思蓮抓起皮包追出去，嘴裡一直喊著王飛。但是，她那有他跑得快，才走出咖啡店外，他已消失得無影無蹤。

她那肯放過？雖然說她已忘了他；然而，他才是她真正傾心相愛的人，他一旦出現，作為代用品的范永年便全無價值了。更何況，她剛才發現他原來也是只想利用她的？

攔了一部計程車，伍思蓮到了王飛以前的住處，卻是人去樓空。住在隔壁的房東告訴她：王飛因為要出海一年，早已退租了。

伍思蓮又鍥而不捨的打電話向主飛的船公司打聽他住在那裡。船公司說他們沒有他的地址，他只給了他們一個聯絡的電話號碼。她衝動地撥了那個電話，對方說王飛也不住他們那裡，只是偶然來一下而已。你知道他住在那裡嗎？伍思蓮急得全身都冒出冷汗，對方說不清楚。那麼，請你轉告他有一位伍小姐有急事找他好不好？伍思蓮為了慎重，還把自己家裡的電話號碼留下。跑了一趟，打了兩個沒有結果的電話，她覺得全身虛脫，非常衰弱，就急急回家去，因為她恐怕王飛會打電話找她。

一走進家門，就問佣人有沒有她的電話。佣人告訴她范永年已打過兩次電話來。正說著話，電話鈴又響了，佣人接過，告訴她是范永年的，她本想不接，後來又改變主意，說她到臥室去接。她氣在頭上，拿起話筒，就用最惡毒的話把范永年痛罵一頓，最後並且警告他以後不許再打電話或者到她家裡來，否則她會叫人揍他的，范永年到底年紀太輕，知道自己「行藏敗露」，也就不敢回嘴，等她罵得差不多了，就輕輕把話筒放下。

*　*

伍思蓮覺得十分十分的疲倦，那是一種身心俱乏的疲倦，這使得她居然一整天都足不出戶，只是懨懨地躺在床上發呆。被王飛發現她和范永年親熱，這是她最擔心的一件事。她跟他雖然沒有任何約束，但是她愛他，她想嫁給他，那就必須向他解釋才行了。我不是楊花水性的女人，只是你為甚麼一直沒有信給我？又誰叫范永年長得那麼像你呢？

一整天沒有王飛的電話，她又打過去，對方說還沒有見到他的人，這使得她整個人都消沉得像世界末日來臨，深夜十一點多，她床頭兒上的電話分機響了。她緩緩地拿起話筒，「喂」了一聲。

「你打電話找我幹甚麼？」電話那頭傳來了一陣帶有磁性的男低音。

「王飛！」她驚喜地叫著。「你甚麼時候回來的？你不是說要出去一年嗎？回來為甚麼不通知我？」

「通知你，好讓你先把情人藏起來？」王飛冷笑了一聲。

「王飛，請聽我說，我一直沒有收到你的信，以為你變心了。那個孩子長得跟你太像，我就跟他隨便玩玩嘛！」

「當然哪！你跟他隨便玩玩，跟我也是隨便玩玩。虧我還瞎了眼，以為你這個富家小姐真的看上我這個窮海員，還沾沾自喜，以為交了桃花運哩！我利用假期，迢迢千里的飛回來看你，結果卻看到你偎依在別的男人身邊，這種窩囊氣，你說有沒有人受得了？」

「你回來為甚麼不先通知我？又為甚麼一直不寫信回來嘛？」

「我在船上生了一場大病，叫我怎樣寫信？不通知你，是為的想讓你有個意外的驚喜。」

「那麼你又怎會跑到那間咖啡室去的呢？」伍思蓮握著話筒的手不斷地沁出汗水。她覺得冥冥中似乎有一個主宰在操縱著人類的命運。

「我打電話到你家裡，你不在家。我又找了幾個地方你都不在，於是，我想到那間咖啡室，那是我們第一次在一起的地方，我想到那裡去回味一下從前的種種甜蜜。那知道，我看到的卻是那麼使我傷心。」他的聲音瘖啞起來。

「王飛，你現在回來了，我們從頭再來好嗎？」

「不，我們海員雖然是粗人，但是也很講忠孝節義。你固然不是我的妻子，我無權干涉你的行動，不過我無法忍受你投到別人的懷抱。從現在起，我們一刀兩斷。明天，我便會離開臺灣，到別的地方去渡假，你也不必再找我了。」

「王飛，你就不肯再給我一個機會？」

「不了，我們緣盡於此，再見吧！」

電話的那頭，啪的一聲掛斷了。伍思蓮還呆呆地握住話筒，淚流滿面。

＊　＊

在一部飛往香港的噴射客機的頭等艙中坐著兩個服飾華麗的女客。一個是雍容華貴的中年婦人，一個是修長白皙、氣質高雅的年輕女子。年輕的女子面容憂鬱，一直沒有開過口。飛機起飛以後，空中小姐推著飲料車走過來，和顏悅色地問她們要甚麼飲料。中年婦人要了一杯橘子水，年輕女子卻要了威士忌加冰塊。她們就是伍思蓮和她的母親。

「思蓮，你又喝酒了？」伍太太說。

伍思蓮不但不回答，反而猛喝了一大口。

她望向窗外的藍天白雲，思潮起伏，百感交集。她覺得她這二十七年的生命好像已經歷過很多世紀。她遇見過很多男人，而那些男人卻大多數在利用她。真心愛她的男人為她自殺，她真心相愛的男人卻棄她而去，命運為甚麼要如此捉弄人。出國旅行一趟，難道真的就能治癒我心靈的創痛？今後，我將何去何從？聽從爸爸媽媽的安排，嫁給一個回國學人，乖乖的做賢妻良母？還是繼續玩我的愛情遊戲？媽媽說得好：「你幸虧生在富家，在受了一次大創傷之後，父母有能力送你出國散心；否則的話，就只好出家當尼姑或修女了。」可是，媽媽啊！假使我不是生在這個富有的家庭裡，又怎會有今天的結果呢？

自從王飛絕裾而去之後，伍思蓮因為傷心過度而生了一場大病，病後整個人變得喜怒無常，而且經常藉酒澆愁，真是把她的父母急壞了。伍先生夫婦商量的結果，決定由伍太太陪她出去旅行一次，好讓愛女散散心。旅行的路線是經香港往歐洲，再由歐洲到美國，再由美國回來。不巧，香港和美國都是伍思蓮的「傷心地」，香港是馮國材的老家，美國又是杜平康的僑居地。對伍思蓮而言，這個世界實在太小了。歐洲，倒是伍思蓮所嚮往的，她不但嚮往歐洲的文物，更因為王飛曾經告訴過她：地中海的每一個港口他都到過。要是在歐洲碰到王飛就好了，她會不顧一切地去想辦法挽回他的心的。王飛，除了你，在這個世界上，我不會再愛上任何一個男人的啊！她看窗外看得太久，覺得脖子有點酸，就轉過頭來，往別的方向眺望了一下。她的視線偶然接觸到前兩排的一個年輕外國男人，卻發現他原來是在盯著她，同時也帶著欣賞的表情和笑意。那個外國男人有一雙湛藍的眼睛，一頭柔軟的褐色頭髮，略瘦的臉龐使他看來像個拜崙式的詩人。這張臉好可愛！他的注視使她芳心竊喜。於是，也就有意無意的回眸報以一個又嬌又俏的微笑。

畢璞全集・小說16　PG1332

出岫雲

作　　者　　畢　璞
責任編輯　　陳佳怡
圖文排版　　周妤靜
封面設計　　楊廣榕

出版策劃　　釀出版
製作發行　　秀威資訊科技股份有限公司
114 台北市內湖區瑞光路76巷65號1樓
電話：+886-2-2796-3638　傳真：+886-2-2796-1377
服務信箱：service@showwe.com.tw
http://www.showwe.com.tw
郵政劃撥　　19563868　戶名：秀威資訊科技股份有限公司
展售門市　　國家書店【松江門市】
104 台北市中山區松江路209號1樓
電話：+886-2-2518-0207　傳真：+886-2-2518-0778
網路訂購　　秀威網路書店：http://www.bodbooks.com.tw
國家網路書店：http://www.govbooks.com.tw
法律顧問　　毛國樑　律師
總 經 銷　　聯合發行股份有限公司
231新北市新店區寶橋路235巷6弄6號4F
電話：+886-2-2917-8022　傳真：+886-2-2915-6275

出版日期　　2015年7月　BOD一版
定　　價　　270元

Printed in Taiwan

國家圖書館出版品預行編目

出岫雲 / 畢璞著. -- 一版. -- 臺北市 : 釀出版,
2015.07
面 ;　公分. -- (畢璞全集. 小說 ; 16)
BOD版
ISBN 978-986-445-014-5(平裝)

857.63　　104008363

讀者回函卡

感謝您購買本書，為提升服務品質，請填妥以下資料，將讀者回函卡直接寄回或傳真本公司，收到您的寶貴意見後，我們會收藏記錄及檢討，謝謝！如您需要了解本公司最新出版書目、購書優惠或企劃活動，歡迎您上網查詢或下載相關資料：http:// www.showwe.com.tw

您購買的書名：______________________________

出生日期：________年________月________日

學歷：□高中（含）以下　□大專　□研究所（含）以上

職業：□製造業　□金融業　□資訊業　□軍警　□傳播業　□自由業

□服務業　□公務員　□教職　□學生　□家管　□其它____

購書地點：□網路書店　□實體書店　□書展　□郵購　□贈閱　□其他

您從何得知本書的消息？

□網路書店　□實體書店　□網路搜尋　□電子報　□書訊　□雜誌

□傳播媒體　□親友推薦　□網站推薦　□部落格　□其他________

您對本書的評價：（請填代號　1.非常滿意　2.滿意　3.尚可　4.再改進）

封面設計____　版面編排____　內容____　文／譯筆____　價格____

讀完書後您覺得：

□很有收穫　□有收穫　□收穫不多　□沒收穫

對我們的建議：______________________________

____

____

____

請貼
郵票

11466
台北市內湖區瑞光路 76 巷 65 號 1 樓
秀威資訊科技股份有限公司 收
BOD 數位出版事業部

(請沿線對折寄回，謝謝！)

姓　　名：________________　年齡：________　性別：□女　□男

郵遞區號：□□□□□

地　　址：________________________________

聯絡電話：(日) ________________ (夜) ________________

E-mail：________________________________